Un homme à distance

Katherine Pancol

Un homme
à distance

ROMAN

Albin Michel

IL A ÉTÉ TIRÉ DE CET OUVRAGE
VINGT EXEMPLAIRES
SUR VÉLIN BOUFFANT DES PAPETERIES SALZER
DONT DIX EXEMPLAIRES NUMÉROTÉS DE 1 À 10
ET DIX HORS COMMERCE NUMÉROTÉS DE I À X

© Éditions Albin Michel S.A., 2002
22, rue Huyghens, 75014 Paris

www.albin-michel.fr

ISBN broché 2-226-13137-X
ISBN de luxe 2-226-13256-2

Ceci est l'histoire de Kay Bartholdi.

Kay est ma voisine, mon amie. Kay est plus que ça encore...

Un jour, Kay est entrée dans mon restaurant.

Elle a posé une grosse liasse de lettres sur la table. Elle m'a dit : Tu en fais ce que tu veux... Je ne veux plus les garder.

Et puis, elle s'est assise. On a pris un café. On a fumé une cigarette. On a parlé de la grande orque qui s'était échouée sur la plage, des méduses qui se hasardaient dans les eaux normandes, du réchauffement de la mer et on s'est demandé si tout ça n'était pas lié à la centrale nucléaire de Paluel.

Laurent est sorti de la cuisine avec son tablier bleu. Il m'a dit que c'était l'heure d'aller chercher le poisson et les moules à la Marée.

Kay s'est levée.

Et elle est partie sans un regard pour les lettres.

Je ne les ai pas lues tout de suite mais, dès que j'ai eu commencé, je n'ai plus pu m'arrêter...

Pourtant...

Pourtant, je connaissais son histoire...

L'histoire d'un amour haut comme une cathédrale, violent comme une bordée de pirates, avec des chants, des confessions, de l'encens, des abordages, des orages, des prises d'otages. Beaucoup de ferveur. Beaucoup de souffrance aussi.

On l'oublie trop, maintenant. La souffrance peut être magnifique...

Magnifique...

Bad things, sad things have to happen... sometimes.

Mais je n'ai pas le pouvoir des mots comme Kay. Je sais parler avec mes mains, mes bras, mes cheveux, avec mon cœur aussi, je me tortille, je cligne des yeux, j'arrondis la bouche, je penche la tête pour compatir, je pose la main sur un front brûlant de questions muettes, j'écoute, j'écoute, mais je suis maladroite en mots.

Et puis, le français n'est pas ma langue maternelle...

C'est l'hébreu. Je suis arrivée ici par hasard. C'était il y a vingt ans et...

Mais ce n'est pas l'important.

L'important, ce sont ces lettres...

Kay Bartholdi
Les Palmiers sauvages
14, quai Maupassant
Fécamp

Le 22 octobre 1997.

Monsieur,

J'ai pris connaissance de la note que vous avez laissée à ma vendeuse lors de votre passage à la librairie. J'aurais préféré vous rencontrer, mais j'étais ce jour-là à Paris, occupée à prendre livraison des commandes de mes clients aux comptoirs des éditeurs.

Si j'ai bien compris, vous recherchez des éditions anciennes, si possible numérotées, et vous comptez sur moi pour vous les procurer. Si j'ai bien compris aussi, vous voyagez et attendez de moi que je vous envoie ces ouvrages aux endroits où vous vous arrêterez. Merci de m'avoir donné la liste précise de vos différentes escales avec dates et adresses, cela me sera très utile ! Je ne voudrais pas que le livre échoue telle une étoile de mer hébétée dans un palace ou un hôtel de passe ! Je porte une réelle passion aux livres et ne supporte pas qu'on les traite mal.

C'est me faire grande confiance que me charger d'une telle mission ! Je vous remercie de la somme plus que confortable que vous m'avez allouée pour l'achat des livres et les frais de port. Je noterai toutes mes dépenses sur un petit carnet et promets de ne pas vous voler d'un centime !

Vous ne m'avez pas mentionné quelle somme vous étiez prêt à investir pour chaque volume. Cela m'aiderait d'en connaître le montant. En attendant, je lance une recherche pour *Les Carnets de Malte Laurids Brigge* comme vous l'avez demandé et, dès que je l'ai, je vous l'envoie.

Veuillez recevoir, monsieur, l'expression de mes sentiments distingués.

Kay Bartholdi.

Jonathan Shields
Hôtel du Grand Large
Barfleur

Le 30 octobre 1997.

Mademoiselle,

Il aurait été, en effet, plus facile que l'on se parle « pour de vrai », mais je n'avais plus que quelques heures à passer à Fécamp quand mon œil a été attiré par votre librairie, toute droite, toute haute, d'un vert amande assez surprenant. Toute pimpante avec ces stores jaunes et blancs, sur le quai Maupassant, face à la mer. On dirait une tour de guetteur insatiable.

« Les Palmiers sauvages » ! Quel beau nom pour une librairie ! Et quel beau livre ! Savez-vous que je le relis une fois par an ? J'ai déniché aux Puces de New York (entre Canal Street et Houston à Manhattan, vous connaissez New York ?) une vieille édition en anglais que j'emporte toujours avec moi.

Moi aussi je suis un passionné de livres, de romans surtout, et je peux assurer, sans faire le malin, que j'ai appris la vie dans les pages des livres (et dans les films aussi pour être tout à fait honnête). Ce n'est pas pour autant que je suis un vrai « sage » ! Mais les héros de fiction me paraissent souvent plus intéressants et plus riches que les êtres réels dont je supporte assez mal les bavardages.

J'ai aimé votre librairie, les murs hauts et blancs, le grand palmier qui en occupe le centre au rez-de-chaussée, les longs panneaux où les livres sont bien classés, le parti pris de ne vendre que des ouvrages que vous aimez ou respectez, les tables en bois clair où vous entreposez vos coups de cœur, ornés de ce bandeau « si ce livre pouvait nous rapprocher de vous... ». J'ai passé deux heures délicieuses dans le petit salon de thé du premier étage, à feuilleter des livres (j'en ai acheté plusieurs, rassurez-vous !), à manger des gâteaux et à regarder la mer.

Votre vendeuse est délicieuse. Et bavarde aussi ! Elle m'a beaucoup parlé de vous (je peux ainsi vous appeler « mademoiselle » !). Elle m'a confié que c'était elle qui faisait les gâteaux, les tartes et les cakes, elle aussi qui sélectionnait les thés, vous renvoyant au rôle de bas-bleu, mais tout cela avec tant d'affection que j'en ai été touché et qu'il m'est venu alors l'idée un peu bizarre de faire de votre librairie mon « port d'attache » littéraire ! Vous me croirez ou pas, mais je n'avais plus envie de repartir et pourtant, il le fallait.

Je suis en « mission » pour un éditeur américain et je dois écrire un guide des endroits de charme en

France. Je ne dois donc pas trop traîner ! La côte est longue et votre pays si beau que je pourrais m'ancrer dans chaque port, dans chaque hameau, sous chaque toit d'ardoises grises !

Merci encore d'avoir accepté ce rôle de commis pour un voyageur assoiffé de beaux livres ! Pour le budget, ne vous faites aucun souci, mon éditeur est riche et ne lésine pas sur les frais et, de plus, je suis grassement payé !

Je vous remercie encore, mademoiselle, de votre gentillesse et de votre dévouement et vous prie de croire à l'expression de mes sentiments les meilleurs,

Jonathan Shields.

PS : J'espère que vous ne vous formaliserez pas du fait que je vous écrive sur mon ordinateur. Je suis si habitué au clavier que mes doigts sont gourds quand ils tiennent un stylo. Tout juste puis-je encore griffonner mon nom en guise de signature ! Cela ne va pas, je vous le concède, avec l'amour des beaux livres, mais il faut bien vivre avec son temps !

À propos, comment peut-on être libraire au presque XXIᵉ siècle ? Cela me paraît si désuet comme occupation...

Kay Bartholdi
Les Palmiers sauvages
14, quai Maupassant
Fécamp

Le 10 novembre 1997.

Monsieur,

Merci de m'avoir repondu si vite. J'aime les gens qui font attention aux demandes des autres, et n'ignorent pas les détails. En fait, je dois vous l'avouer, je suis très attachée aux détails ! On pourrait même me traiter de méticuleuse ou de vieille fille ! (Vieille fille ! J'exagère un peu, je n'ai que trente-deux ans...) Mais j'ai en horreur tous ceux qui bâclent, oublient, ou sont sourds aux délicatesses exprimées par leur prochain. Quand j'étais petite, on m'appelait « La princesse au petit pois »... Un rien me faisait monter l'eau aux cils et bloquait les mots dans ma gorge !

C'est vous dire si je prendrai bien soin de vos demandes et ne négligerai en rien vos moindres souhaits ! Ne me demandez pas l'impossible pour autant, car j'ai ma librairie à faire tourner ! Et c'est du travail, je peux vous l'assurer ! Surtout en cette période de fin d'année où je dois passer les commandes de livres de Noël, les beaux livres qu'on pose au pied du sapin ou dans l'assiette. Noël représente environ vingt-cinq pour cent de mon chiffre d'affaires annuel ! Et, pour répondre à votre question, être libraire n'est pas une « occupation » mais une profession. J'en vis ! Même si je ne roule pas sur l'or. Et pourquoi je suis devenue libraire est encore une autre question mais beaucoup trop intime pour que j'y réponde ! Contentez-vous d'apprendre que c'est un vrai travail, parfois harassant.

Par exemple, chaque lundi, je fais le ménage, époussette mes volumes, encaustique mes tables, nettoie à l'éponge les feuilles du palmier. Le saviez-vous, ça ?

Je lis tous les journaux, spécialisés ou non, pour me tenir au courant des titres qui font l'actualité.

Et dès qu'une nouveauté arrive, je colle un petit rond rouge derrière le livre. Pour ne pas le perdre de vue...

À peine si j'ai le temps de lire ! Bien sûr que je le prends, mais toujours sur mes heures de loisir, de sommeil, de repas. Le seul temps qui échappe aux livres est celui de la rêverie... J'aime rêver en regardant passer les mouettes ou les bateaux. Je me raconte plein d'histoires et j'ai du mal ensuite à défaire les cartons de livres qui encombrent mon arrière-boutique !

J'habite au-dessus de la librairie, un logement modeste mais enchanteur car j'ai une vue panoramique sur le port, la ville et la mer. Quand le vent souffle comme un marin furieux, je me recroqueville sous mes couvertures et pose le livre que je suis en train de lire en priant pour que le toit ne soit pas emporté ! Je ne ferme jamais les volets (ils ne ferment d'ailleurs plus car ils sont rongés par le sel et les embruns !) et suis réveillée très tôt par le premier rayon de soleil qui caresse le plancher d'un jaune pâle, froid et timide en hiver, chaud, gaillard et doré en été.

En ce moment, je me délecte d'un livre écrit par un auteur italien, Silvio d'Arzo, *Maison des autres*, c'est un récit sauvage et fort qui conte l'histoire d'un secret entre une vieille femme et un curé de montagne, l'histoire d'une lettre jamais envoyée, d'un secret péniblement avoué et que l'autre ne peut recevoir tellement son contenu est effrayant !

Il ne faut jamais dire les secrets si l'autre n'est pas préparé, s'il n'est pas passé par les mêmes tourments que vous, parce qu'alors votre secret lui paraît si pitoyable ou si encombrant qu'il vous laisse seul avec votre souffrance... et que vous n'avez plus d'autre recours que vous couvrir la langue de plomb ou vous pendre à une corde !

Oh ! Mais je m'égare... C'est qu'il est si rare de pouvoir parler de livres avec un connaisseur et ce n'est sûrement pas Nathalie, ma vendeuse, qui pourrait comprendre tout ça !

Qu'a-t-elle bien pu vous raconter ? Elle ne sait pas grand-chose de ma vie. Elle ne lit que des romans policiers. Quand je lui prête un livre que j'aime, elle essaie de le lire, mais m'avoue que c'est trop compliqué, qu'il n'y a pas de vraie histoire, pas de suspense ! Et je le retrouve coincé entre le sucre et la farine ! Mais sans elle, je ne pourrais vivre. On se complète à la perfection.

Excusez-moi encore, monsieur Shields, de m'être laissée aller ainsi... On dit que les Français sont des Latins, qu'ils ont le sang chaud et qu'ils parlent trop parfois. Je sais que je suis bavarde, on me l'a souvent reproché.

Au fait : êtes-vous américain ?

Pour moi, vous êtes américain...

Vous me parliez de New York. Non, je n'y suis jamais allée, mais j'avais un ami qui m'en parlait souvent... Trouver une édition originale des *Palmiers sauvages* sur un étal de marché aux puces, je crois que je m'envolerais jusqu'au ciel de joie ! Comment est la couverture, en bon état ou couverte de scotch jauni ? Y a-t-il des traces de doigts ou de nourriture sur les pages ? Des passages annotés ? Et saviez-vous que le livre vient de ressortir en France sous le titre que désirait William Faulkner mais que son éditeur ne trouvait pas assez « vendeur » : *Si je t'oublie, Jérusalem*. La traduction est différente aussi, plus crue, plus violente. Exemple : la dernière phrase prononcée par le forçat : « Les femmes. Font chier ! » Ils n'avaient pas laissé passer ça dans l'édition originale ! Vous êtes si prudes, vous, les Américains. Céline n'aurait jamais été publié chez vous !

Oh ! Mais je parle encore...

Amicalement, et muette enfin,

Kay Bartholdi.

Jonathan Shields
Hôtel du Grand Large
Barfleur

Le 15 novembre 1997.

Mademoiselle,

Eh oui, je suis toujours à Barfleur ! Mais l'endroit est si beau que je ne peux me résoudre à le quitter. N'est-ce pas là que François Truffaut a tourné son film *Les Deux Anglaises et le continent* ? J'aime son œuvre et les Américains l'apprécient beaucoup. *Jules et Jim* surtout, qui représente pour eux « l'amour à la française ».

Je me lève tôt, rayonne dans toute la région et reviens m'attacher à la même chambre, la même salle à manger, la même table, la même toile cirée où je dîne tout seul (avec un livre...), la même réception où l'on me tend les clés comme si je faisais partie de la famille.

Hier, dimanche, les propriétaires m'ont invité à déjeuner. J'ai été surpris par la quantité de nourriture qu'ils avalaient. Ce que les repas ont d'importance, ici, en France ! On se prépare pour passer à table, on commente ce qu'on mange, on critique ce qu'on a mangé et on parle du prochain festin ! Madame Le Cozze m'a spécifié pourtant que, dans les grandes villes, ces habitudes se perdent : les gens n'ont plus le temps de cuisiner et achètent du surgelé. Elle semblait le déplorer mais sa fille, qui a une petite trentaine, a répondu que les surgelés, ça lui facilitait bien la vie ! Et pendant une heure, ils ont parlé encore... de nourriture !

Je suis américain, vous l'aviez deviné, mais j'ai grandi en France. Mon père était consul à Nice et grand francophile. Le français fut ma première langue. Je suis allé à l'école à Nice, j'ai appris les tables de multiplication, les départements, les problèmes de train qui se croisent et ne se rencontrent jamais, les mètres, les kilos, les litres, Racine, Corneille, Molière, Marivaux et Victor Hugo. À l'âge de seize ans, j'ai suivi mes parents et nous sommes allés vivre à Milan. Je parle italien aussi ! Et espagnol ! Donc je peux lire dans beaucoup de langues...

Vous m'avez mis l'eau à la bouche en me parlant de *Maison des autres*. *Casa d'altri*, je suppose. Pourriez-vous me le joindre au paquet que vous m'enverrez quand vous aurez mis la main sur le livre de Rilke ?

Je suis très avide de le lire. C'est comme une idée fixe. Je pense à ce prêtre et à cette vieille femme, à

20

leur secret, leur malentendu, leur désir de se parler toujours contrarié. J'y pense en regardant le soleil se coucher, en prenant mon petit déjeuner, en conduisant sur vos petites routes étroites. Je suis obsédé par les destins qui se croisent et se manquent, faute de communication, d'explication, de courage pour s'affronter. J'ai toujours envie de me glisser entre les pages des romans et de forcer les personnages à se parler. Hier, je pensais à votre livre et j'ai failli avoir un accident !

Pourtant je conduis lentement, si lentement que les gens me dépassent en klaxonnant et je me tiens prudemment à droite de peur qu'ils ne me fassent verser dans le fossé ! Je m'arrête tout le temps... Pour regarder la mer qui râpe les rochers, une maison aux portes si basses qu'on se frotte le front comme si on s'y était cogné, un arbre estampillé de nœuds séculaires, un silex noir et blanc qui grimace comme le visage d'une gargouille.

Le temps ne m'est pas compté. Mon éditeur veut des renseignements pratiques mais aussi de la « viande », comme il dit. Du vécu, des émotions bien françaises ! Il dit que ça fera vendre autant que les adresses ou les descriptions de menus. Les Américains considèrent les Français comme des drôles de hères, incohérents, fiers, rebelles au sang chaud comparés à nous, Anglo-Saxons, plus froids et réservés. Des taureaux bouillants face à des soles plates ! Et les Français croient tous que les Américains sont riches, obèses et totalement incultes ! Je m'amuse beaucoup à les confronter ; ils me prennent pour un Anglais (ce qui n'est pas mieux à leurs yeux !).

Vous savez qu'il existe un auteur italien que j'aime beaucoup : Erri de Luca. Avez-vous lu ses livres ? Sinon, précipitez-vous car vous allez monter jusqu'au ciel, comme vous dites. La littérature italienne renferme beaucoup de trésors que j'ai étudiés quand j'habitais là-bas et n'est pas assez considérée dans le monde des belles-lettres. On parle toujours des mêmes. On oublie ceux qui poussent drus et vifs à l'ombre de leurs frères aînés et géants.

(C'est drôle, je viens de taper : gênants, au lieu de géants ! C'est un lapsus parfait parce que ces géants – Moravia, Pavese, Pirandello, Calvino, Buzzati – leur font de l'ombre !) Je pense aussi à un livre qui s'appelle *Le Fils de Bakounine* de Sergio Atzeni que j'ai beaucoup aimé. (Vous voyez, j'ai été bien éduqué en France, je n'ai pas dit « adoré ». Ma prof de français me disait qu'on n'adore que Dieu !) C'est l'histoire d'un homme, vu par plusieurs personnages qui l'ont connu ou croisé et qui apparaît parfois sympathique, généreux, fougueux, idéaliste et d'autres fois violent, petit, arrogant, matérialiste. Passionnant !

On peut être tant de personnes à la fois...

On peut se racheter aussi, croyez-vous ?

Au début du livre, il y a cette phrase : « Et tu découvriras ce qui reste d'un homme après sa mort, dans les mémoires et les paroles d'autrui. » Ce qui est panache pour les uns est arrogance pour les autres, ce qui est amour fou, exigence est folie, billevesées pour certains. Que laisserons-nous de nous en guise d'épitaphe ?

Que laisserai-je de moi ?

Voilà, mademoiselle, moi aussi je deviens bavard à votre contact ! Mais je me sens si seul parfois sur ma toile cirée. Il est bien agréable de parler à quelqu'un qui vous écoute quand on lui parle, et je sais que vous allez me lire attentivement puisque je vous parle de votre passion !

Amicalement,

Jonathan Shields.

PS : Pourriez-vous m'expliquer la différence en français entre « insolent » et « impertinent » ? Je suis désolé de vous voler du temps, je sais que vous n'en avez pas beaucoup mais mon dictionnaire ne m'a guère éclairé...

Kay Bartholdi
Les Palmiers sauvages
Fécamp

Le 20 novembre 1997.

Monsieur,

Vous allez être heureux. Je viens de faire partir votre colis de livres. Aux deux demandés, j'ai osé ajouter *Si je t'oublie, Jérusalem* (en français, hélas !) afin que vous le redécouvriez dans sa première version.

J'ai tellement aimé ce livre ! L'amour si exigeant de Charlotte auquel Wilbourne ne peut répondre, tout empêtré qu'il est dans son éducation, sa méfiance à l'égard de la femme, de la chair... Et elle, si dure, coupante comme la lame d'un sabre japonais, avec ses yeux jaunes et sa balafre, elle qui l'entraîne dans les eaux boueuses de la passion... Et lui, si maladroit, voulant bien faire et faisant tout de travers ! L'amour si fort entre eux qui débouche sur la mort, sur le refus de cet enfant !

« Oui, pensa-t-il. Entre le chagrin et le néant, je choisis le chagrin. » Pour ne pas oublier Charlotte...

24

Et le vieux forçat qui n'aspire qu'à retrouver le seul lieu stable et sûr qu'il a connu, le pénitencier, on a tous vécu cela, non ?

Oh ! Je m'emporte mais, moi aussi, j'aime ce livre passionnément.

J'aime l'amour fulgurant, impossible, au-dessus de tout, impitoyable, intransigeant. Je ne pardonne pas à l'amour qui compromise, qui s'arrange, qui descend sur terre et obéit aux lois idiotes de notre société...

J'aime *Une vieille maîtresse* de Barbey d'Aurevilly.

J'aime *Les Hauts de Hurlevent*.

J'aime *Othello, Roméo et Juliette, Héloïse et Abélard, La princesse de Clèves, Les lettres d'une religieuse portugaise*, les sonnets d'Elizabeth Browning...

J'aime voler très haut en lisant ces livres, toute seule dans ma chambre face à la mer furieuse, les soirs où la tempête siffle comme une sorcière édentée. J'imagine Robert Browning entrant dans ma chambre et m'enlevant dans ses bras puissants en me récitant des vers ! C'est peut-être pour cela que j'habite dans un port : j'attends le pirate au grand cœur qui m'emportera sur son galion !

Ne riez pas ! Je ne suis pas la seule à rêver ainsi ! Ne prenez pas votre air d'homme à qui on ne la fait pas ! Votre air d'homme qui rit de l'exigence des femmes ! Qui s'arroge le privilège d'être toujours raisonnable et sage !

Il y a six mois environ, ma coiffeuse m'a amené sa fille. Une gamine de quatorze ans, hostile, froide, les yeux fixés aux lacets de ses baskets. Elle ne savait plus quoi en faire. L'enfant ne travaillait plus à l'école, n'avait pas d'amis, ne souriait plus à la maison. La mère désespérait (elle est comme Nathalie et ne lit que des romans policiers, elle les achète deux par deux en édition de poche et les dévore !). J'ai pris l'enfant par la main et je lui ai donné *Le Grand Meaulnes* d'Alain-Fournier. Elle n'a rien dit, ni merci ni rien. Elle l'a glissé dans sa poche de parka et a rejoint sa mère qui payait à la caisse.

Deux jours après, elle est revenue et m'a demandé sans rien ajouter : « Un autre comme celui-là. » Elle me tendait *Le Grand Meaulnes*. Je lui ai donné *Les Hauts de Hurlevent* et elle est repartie sans un mot, bouche cousue, le livre dans la poche, les yeux sur ses lacets. Elle n'a même pas payé. C'était urgent, je le sentais. Puis il y a eu *Lettres d'une inconnue* de Zweig, *Ce que savait Maisie* de James... et la petite fille, elle s'appelle Jennifer, m'a regardée dans les yeux pour la première fois. J'avais compris et elle m'en remerciait.

Depuis, elle revient une fois par semaine et me sourit enfin. Elle s'est fait une copine à l'école et la moyenne de ses notes a monté d'un point. Un petit point. Mais c'est un début, non ?

C'est pour ces moments-là que je me félicite d'être devenue libraire. J'ai abandonné une vie plus riche, plus facile, plus « chic », mais je ne le regrette pas une seule seconde !

Si. Quand j'ai rendez-vous avec mon comptable ! Qu'il me parle de couverture de stock, de qualité de stock ! Je maudis tous les contrôleurs de gestion, les banquiers, tous ces gens qui ne lisent pas et prétendent faire la loi dans ma librairie ! Je maudis les éditeurs qui font de la cavalerie et publient n'importe quoi pour combler leur déficit ou engraisser leur chiffre d'affaires ! Tous ces cartons que j'ouvre chaque lundi, en me coupant les doigts, et où reposent des livres inutiles, mal écrits, ignorants !

Bon, vous avez compris, je suis en colère aujourd'hui ! On m'a demandé trois fois un livre et j'étais en rupture ! Il a fallu que je me creuse la tête pour orienter mes clients sur un autre ouvrage ! Mais si je suis en rupture, c'est la faute de tous ces financiers à calculette dans la tête !

Et puis il fait froid, il pleut depuis trois jours, ma boulangerie préférée est fermée (vacances d'hiver ! a-t-on idée quand on fait des gâteaux de prendre des vacances !). Je distingue à peine le phare au loin sur le quai, le phare rouge et grand qui ponctue mes nuits de ses longs pinceaux blancs...

Ce soir, je me mets au lit avec Rilke ! C'est promis. Lui, au moins, ne me décevra pas ! Vous m'avez donné envie de le relire !

Boudeusement vôtre,

Kay Bartholdi.

Jonathan Shields
Les Flots verts
Jullouville

Le 25 novembre 1997.

Mademoiselle,

Oh là là ! Vous étiez en colère l'autre jour quand vous avez écrit la lettre ! Vous en êtes même arrivée à employer un anglicisme ! « Compromise ». C'est de l'anglais, ça ! Seriez-vous anglaise par hasard ? Votre prénom l'indique, mais votre nom de famille s'y oppose comme un coup de poing sur la table ! Ou alors un mélange d'italien et de british ? Very chic...

Je ne devrais peut-être pas plaisanter... Vous allez me rabrouer.

Et pour mon explication lexicale entre « impertinent » et « insolent », je dois me débrouiller tout seul... Vous n'avez pas le temps, pas l'envie. Cela vous barbe, ces étrangers qui usent de vous comme d'un dictionnaire... Vous n'aimez pas qu'on vous utilise, qu'on vous manipule. Vous aimez bien garder le contrôle...

Vous êtes une jeune femme moderne.

Je suppute, je suppute...

Avez-vous fini la lecture de Rilke ?

Souriez-vous à nouveau ?

Je me retire sur la pointe des pieds...

Tout doucement,

Jonathan Shields.

PS : L'amour n'est pas qu'un ravissement, mademoiselle. L'amour peut être une torture, un traître, un tricheur. Il emprunte tous les discours, tous les costumes, tous les subterfuges. Relisez donc *Les liaisons dangereuses* et vous vous souviendrez qu'il avance masqué, qu'il se cache parfois sous de cruelles apparences pour mieux se dévoiler... Ou *La Cousine Bette* et vous pénétrerez dans les arcanes d'un monde intéressé où l'argent fait battre les cœurs et plier les corps, où les âmes innocentes et aimantes sont foulées aux pieds.

Je me fais l'effet d'un médecin qui écrit une ordonnance !

Jonathan Shields
Les Flots verts
Jullouville

Le 5 décembre 1997.

Mademoiselle,

Mais alors ? Pas de nouvelles ! Que se passe-t-il ? La pâtisserie est-elle toujours fermée ? La pluie ne cesse de tomber ? Le phare s'est éteint ?

Ou alors ai-je employé, à mon insu, un ton trop désinvolte ou prononcé un mot qui vous a froissée ? Vous a transformée sur-le-champ en princesse meurtrie, endolorie ?

Je suis très anxieux et je conduis de travers. Si j'ai un accident, je me retournerai contre vous. Les routes sont bordées d'arbres secs et noirs là où je réside actuellement...

Bon, je sors mon joker et vous relance professionnellement...

Pouvez-vous m'envoyer le volume du dictionnaire Littré qui concerne la lettre I. I, vous savez, comme impertinent ou insolent... Et une édition choisie des œuvres de Barbey d'Aurevilly. J'ai un souvenir exquis des *Diaboliques* et j'aimerais bien lire *Une vieille maîtresse* dont le titre m'intrigue.

Les frais de port seront élevés, aussi j'ajoute à ma lettre un chèque de... disons, mille francs. Comme ça, j'aurai un avoir et vous serez obligée de me revoir... par correspondance, bien sûr !

Professionnellement,

Jonathan Shields.

PS : L'hôtel porte mal son nom : la mer est grise, pleine d'algues brunes, gluantes, et la chambre est remplie de courants d'air. Le papier des murs se décolle par endroits et l'odeur de la soupe au chou vert qui mitonne des jours entiers dans la cuisine se répand partout dans l'établissement. Je décampe au plus vite de cette gargote infâme et ma prochaine escale sera Dinard.

Jonathan Shields
Hôtel des Mouettes
Dinard

Le 14 décembre 1997.

Mademoiselle,

Toujours pas de lettre ! Etes-vous malade, au fond de votre lit, les deux poignets plâtrés que vous ne pouvez écrire !

Rien qu'un mot. Un tout petit mot pour me rassurer. Un mot que vous dicterez à Nathalie si vous êtes si mal en point !

Au fait, connaissez-vous un auteur qui s'appelle Jean Lorrain et a habité Fécamp ? Un grand ami de Cocteau, qui s'est battu en duel avec Proust et a consommé beaucoup d'éther. On m'en a parlé, comme je mentionnais mon amour des livres et mon passage à Fécamp, mais j'ignore tout de lui. Si vous avez un de ses livres ou deux ou trois, pouvez-vous me faire un colis ?

Avec toute mon inquiétude et mon affection,

Jonathan Shields.

Kay Bartholdi
Les Palmiers sauvages
Fécamp

Le 19 décembre 1997.

Monsieur,

Non, je ne suis pas malade ! Non, je n'ai pas les poignets cassés ! Non, je ne vous ai pas oublié ! Oui, vous recevrez bientôt le Littré et trois livres de Lorrain ! Oui, je vous remercie pour le chèque ! Oui, la pâtisserie a réouvert ! Oui, le soleil tombe, glacé, sur le large quai devant ma porte...

Mais vous n'avez aucune idée de ce qu'est le mois de décembre en librairie : le bagne, monsieur Shields, le bagne ! Il ne me manque plus que le maillot rayé et le boulet aux pieds et je serai un forçat parfait !

J'ouvre à huit heures et demie (les gens ici se lèvent tôt !), fais le ménage, remets les volumes droit sur les étagères, rétablis l'ordre alphabétique, aligne mes préférés sur les tables, reforme mes piles, ouvre la caisse, en vérifie le contenu, m'assure que j'ai de la monnaie, surveille les fiches de chaque livre, passe mes commandes au distributeur, m'assure que les grosses livraisons arriveront à temps, fais le point avec le coursier... Je suis allée deux fois à Paris en l'espace de dix jours, pour chercher des livres d'art qu'on avait oublié de m'envoyer et qu'un client attendait pour partir en vacances. Deux commandes de près de cinq mille francs ! Une fortune pour moi ! Ce client est très important, c'est un notable de la ville, sec et arrogant, habitué à être obéi et satisfait sur-le-champ. Il achète tous ses livres chez moi (des Pléiade, des albums de photos, des livres rares et chers) et le perdre serait une catastrophe !

Nathalie a dû se débrouiller toute seule pour faire face à la librairie et au salon de thé. (Elle a mis trop de citron dans la tarte aux pommes et du beurre sur le papier cadeau !) Heureusement Riquet, son copain, lui a donné un coup de main ! (Il est marin-pêcheur de son métier, mais était entre deux bateaux...) Ce fut la folie, un vrai coup de feu pendant quinze jours !

Et ça continue !

C'est la période des fêtes et chacun cherche le cadeau idéal.

Hier, un client m'a demandé un roman d'amour pour faire comprendre à son amie, le soir de Noël, qu'il l'aimait. Il n'osait pas se déclarer. J'ai dû passer une demi-heure avec lui et finalement je lui ai conseillé *Amour de perdition* de Camilo Castelo Branco. Un roman enfiévré et fou comme on n'en écrit plus ! « Il a aimé, il s'est perdu, et il est mort en aimant », annonce le prologue. Les deux amants s'aiment par lettres et bravent toutes les tempêtes. À la fin, il ne reste d'eux que leur correspondance qui dérive sur les flots...

Le destin des personnages de ce roman est de connaître le malheur à cause de l'amour qu'ils éprouvent l'un pour l'autre. Mais au lieu de fuir ce malheur, ils l'acceptent comme un défi et arrivent à le dépasser, s'offrant ainsi, malgré toute logique, le contrôle de leur vie.

C'est magnifique !

Mon client est reparti, heureux et confiant. J'espère que je ne me suis pas trompée ! J'ai eu une boule dans le ventre pendant toute la journée et j'en tremble encore !

Chaque client veut être traité comme s'il était unique au monde ! Si je fais référence à une autre demande que la sienne, ou à un autre quidam, il se froisse et revient sur son cas à lui ! D'autres, au contraire, tournent autour des livres et s'écartent si je m'approche de trop près. Il faut savoir soupeser chaque désir, chaque démarche et, en décembre, je n'ai pas le temps de les guetter, embusquée, pour savoir à qui j'ai affaire !

C'est l'époque aussi du n'importe-quoi ! Une cliente m'a soutenu mordicus qu'il existait un livre qui s'appelait « Légumes du jour », que son gamin lui avait réclamé pour l'école ! J'avais beau ne rien trouver qui corresponde, elle s'énervait, postillonnait, répétait « Légumes du jour, Légumes du jour » en me considérant comme une véritable idiote ! Jusqu'à ce que la lumière se fasse en moi et que je traduise par *L'Écume des jours* de Boris Vian !

Ils me sortent des bouts de papier tout chiffonnés et prononcent des énormités. « Les chaussures de Scapin » pour *Les Fourberies de Scapin*, « La maîtresse » de Duras, « La carotte » de Jules Renard, « Les fous, mon ailleurs » pour *Les Faux-Monnayeurs* de Gide. Ils notent le titre des livres n'importe où, sur la liste des courses pour le marché, ou au dos d'un ticket de caisse ! J'en bous de rage ! Je voudrais leur enseigner le respect, mais n'en ai guère le temps ni les moyens ! Car, en plus, ils me fusillent du regard si je les reprends et me permets de corriger leur énoncé. Non, *Le Cid* n'est pas de Molière, pas plus que *L'Avare* de Racine. Mais Molière existe, mais Racine est enseigné dans l'école de ma fille... Bien sûr, madame, mais vous mélangez tout !

Ce n'est pas évident ! Et cela prend de l'énergie, beaucoup d'énergie ! Et des trésors de patience !

Le soir, je m'écroule sur mon lit. Je n'ai plus la force de vous écrire, ni de lire, ni même de regarder la mer. Je pique du menton dans mon oreiller et rêve d'une plage sous les cocotiers où je pourrais enfin lire Rilke. J'en suis toujours à la page 33 !

De plus, il y a eu un court-circuit électrique, tout a sauté et, pendant quelques heures, on s'est éclairés à la bougie !

Riquet a réparé, mais bon...

J'ai les nerfs en pelote. Il faudrait que je prenne une vendeuse en plus de Nathalie, pour le mois de décembre, mais mon budget ne me le permet pas.

Alors je cours, je vole, je virevolte, je vibrionne, je vrombis, j'écarte les gêneurs accoudés à la caisse et qui racontent leur vie (ce n'est vraiment pas le moment !) et n'ai guère le temps de vous répondre...

Ni de rêvasser...

Ni de me laisser bercer par les pinceaux du phare.

Ce qui me met en colère...

La tête dans les nuages et les livres, les pieds dans les comptes et la poussière, c'est le destin d'une libraire.

En janvier, j'aurai davantage de temps.

Je pourrai me répandre en longues discussions littéraires, mais pour le moment, cher monsieur Shields, supportez mes humeurs et pardonnez mon indifférence.

Comme un mois de décembre...

Kay Bartholdi.

Jonathan Shields
Hôtel Les Mouettes
Dinard

Le 21 décembre 1997.

Joyeux Noël, Kay...
Vous permettez que je vous appelle Kay ?
Ce serait un beau cadeau de Noël...
Je vous envoie de l'écume de vague à poser sur votre front brûlant, des papillotes de chocolat à laisser fondre dans la bouche et une grande chaussette, comme c'est la coutume dans mon pays, remplie de menus cadeaux...
Comme un jour de Noël,

Jonathan.

Kay Bartholdi
Les Palmiers sauvages
Fécamp

Le 25 décembre 1997, dix-neuf heures.

Joyeux Noël, Jonathan...

Il y avait des bougies sur votre toile cirée ? Des bougies et des cadeaux ? Une dinde ? Une bûche avec des nains qui rentrent du boulot en sifflotant, une petite scie à la main et un petit nez en forme de carotte ?

Et moi qui vous ai oublié...

Et votre chaussette qui est arrivée, remplie de surprises délicieuses et surprenantes...

Dites-moi, Jonathan, vous semblez bien me connaître.

Est-ce Nathalie qui vous a si bien renseigné ?

Comment saviez-vous que j'avais les oreilles percées ?

Et que j'aimais les mitaines noires ?

Et les bâtons d'orange amère recouverts de chocolat ?

Et les boules remplies de neige qu'on agite dans tous les sens jusqu'à ce que la neige retombe ?

Et les sels de bain de toutes les couleurs ?

Et la cassette du *Fleuve sauvage* de Kazan ?

Elle n'a pas pu vous dire tout ça, Nathalie...

Vous êtes grand sorcier, voyant, liseur de pensées ?

Ou carrément indiscret ?

Je dois vous avouer que j'ai été bouleversée.

C'était hier...

Je venais de fermer la librairie. Huit heures et demie. Seule. Mon amie Josepha m'avait proposé de venir réveillonner dans le restaurant qu'elle tient avec son mari, Laurent, juste à côté de la librairie mais j'avais refusé. Trop fatiguée, trop triste aussi... Je n'aime pas Noël, le soir de Noël. C'est bon pour les familles qui se disent je t'aime au pied du sapin, pour les petits enfants qui déchirent les emballages des cadeaux avec leurs ongles, pour les amoureux transis qui se lisent dans les yeux... Mais pour les autres ? C'est cruel, cette fête...

Trop cruel.

Alors je suis allée me coucher et j'ai emporté votre chaussette, arrivée la veille par DHL, mais que je n'avais pas eu le temps d'ouvrir. Je me la gardais pour le soir de Noël.

Et je me suis pris un grand coup sur la tête...

À cause des cadeaux.

À cause de ces cadeaux qui me ressemblent trop...

Qui me racontent une histoire.

Qui me ramènent en arrière. Loin, loin en arrière. Là où je ne veux plus retourner. Ce passé que je veux oublier, de toutes mes forces, de toutes mes forces...

Jonathan, je suis troublée.

Je suis dans le brouillard. Et comme par un fait exprès, le brouillard est tombé sur Fécamp. Je n'aperçois plus le phare, ni les tourelles crénelées de la Bénédictine, ni les mâts des bateaux. Je les entends cliqueter dans la brume mais je ne les vois pas.

Et ça cliquette dans ma tête... *Jingle bells, jingle bells* sur un mode ricanant, grinçant, une vieille rengaine qui réveille mon cœur rouillé et je me bouche les oreilles...

Est-ce qu'on sait tout de l'autre quand on aime les mêmes livres ?

Est-ce que les livres sont un moyen de tout se dire, même l'inavoué, le plus terrible secret ?

Si vous m'aviez parlé de livres qui m'indiffèrent, si je vous avais énoncé des titres qui vous laissent froid, auriez-vous pensé à moi comme si vous saviez tout de moi ?

Et pourquoi me suis-je livrée à vous aussi facilement ?

Pourquoi suis-je allée vers vous en aveugle confiance ?

Parce que j'avançais sur des livres, complices muets, farfadets malicieux ?

Parce que vous me répondiez en glissant d'autres volumes sous vos pas ?

Je vais vous dire un secret, Jonathan, un petit secret de pas grande importance, mais qui vous éclairera sur l'âme des femmes...

Des femmes et des hommes aussi. Car les émotions sont les mêmes, n'est-ce pas, c'est la manière de les traduire, de les laisser affleurer ou pas, qui fait toute la différence... Les femmes osent confesser des aveux que les hommes enferment à double clé dans leur cœur. Parce qu'on leur a appris à ne rien dire, à faire comme si, à se consacrer au travail, à leur carrière, à leur vie d'homme d'affaires...

C'est ce que dit Rilke dans son livre.

J'ai fini de le relire, cette nuit, la nuit de Noël, sous mes couvertures, dans le brouillard de la nuit, où les pinceaux du phare me parvenaient en tremblant comme des petites lueurs blanches qui dansaient dans le noir... Je l'ai relu, blottie contre votre chaussette rouge et blanc... Maman m'en faisait une toute pareille quand j'étais petite et elle y glissait, elle aussi, des petites gâteries.

C'est page 141, dans la collection Folio.

Il vient de parler de l'amour, de l'attention infinie que les femmes portent à l'amour, sans être jamais ou presque jamais payées de retour. « ... Elles sont fatiguées. Elles ont pendant des siècles accompli l'amour tout entier, elles ont joué tout le dialogue, en tenant les deux rôles. Car l'homme s'est contenté de répéter, et il l'a mal fait. Et il leur a rendu l'apprentissage de l'amour difficile par sa distraction, son indolence, sa jalousie, qui était déjà une sorte d'indolence. Et elles ont persévéré jour et nuit et n'ont fait qu'accroître leur amour et leur misère. Et elles sont devenues, sous le poids de ces détresses sans fin, les puissantes amoureuses qui, tout en appelant à elles les hommes, allaient bien plus loin qu'eux ; qui, quand ils ne revenaient pas, les dépassaient de beaucoup... »

Alors il ajoute en confident éclairé : « Mais maintenant où tant de choses changent, notre tour n'est-il pas venu de nous transformer, nous aussi ? Ne pourrions-nous pas essayer d'évoluer un peu et de prendre lentement notre part dans le labeur de l'amour ? On nous en a épargné toute la peine, aussi a-t-il glissé pour nous au rang des distractions. La jouissance facile nous a corrompus comme tous les dilettantes, alors qu'on nous prête la réputation d'être des maîtres. Mais que se passerait-il, si nous méprisions nos succès et si nous reprenions à zéro le labeur de l'amour, que d'autres ont toujours accompli à notre place ? Que se passerait-il, si nous nous mettions en route et devenions des débutants, maintenant où tant de choses se transforment ? »

Que se passerait-il, en effet, si les hommes se penchaient sur leur cœur avec le même soin, la

même ardeur qu'ils se penchent sur leurs cours poly-
copiés, leur bilan de fin d'année, leur portefeuille en
Bourse ?

Les femmes reprendraient le labeur de l'amour
qu'elles ont tendance à négliger parce que trop
bafouées, trop dépitées, elles abandonneraient leurs
soupirs de défaite, leur solitude fardée, leurs cris de
guerrière...

On se retrouverait peut-être ?

Ou, du moins, on pourrait se tendre la main pour
avancer un peu, ensemble, sur le chemin de
l'amour ?

Je laisse tomber les armes. Je fais le premier pas
et je vous livre mon petit secret...

Oui, j'étais fatiguée, surmenée, préoccupée par ce
mois de décembre.

Oui, je n'avais plus la tête à vous répondre de
longues lettres.

Oui, les clients, les chiffres, les commandes
m'ôtaient toute envie de rêver, de parler de rien et
de parler de tout...

Mais surtout, surtout, Jonathan, un matin où passait le facteur, un petit matin gris et froid, un matin
où il ouvrait sa grande sacoche jaune et pleine, souf-
flant de la buée en cherchant le courrier, j'ai ressenti
un frisson qui a couru dans tout mon corps et m'a
effarée. Un frisson qui m'a gelée sur place, un frisson
qui s'est transformé en éclair et m'a foudroyé la
nuque : j'ai compris que j'attendais vos lettres,

j'attendais vos mots, j'attendais vos descriptions d'auberges, de routes, de famille française, de soupe au chou...

J'étais en train de vous attendre.

J'allais donc souffrir de vous.

Et je ne veux plus souffrir, Jonathan.

En ce mois de décembre, j'ai couru à Paris, j'ai couru dans Fécamp, j'ai couru dans ma maison, j'ai couru dans la librairie pour me sauver de vous, vous oublier, vous abandonner sur vos petites routes aux arbres secs et noirs.

J'avais peur.

Peur que ça recommence, cette douleur.

Cette douleur d'attendre.

D'attendre et d'attendre encore...

Attendre une heure est long
Si l'amour est en vue
Attendre l'éternité est bref
Si l'amour est au bout.

Emily Dickinson.

Peur...

Peur d'aimer à nouveau.

Peur d'aimer à nouveau un homme qui me laisse sur le quai et s'éloigne sur un bateau...

Je veux aimer un homme aux mains solides, aux jambes piliers, arrimées dans le sol, un homme aux mots simples et clairs, au rire franc et sonore, un homme à l'ambition modeste, un homme qui plante des arbres, qui scie des planches, qui retourne la terre, qui conduit un tracteur, qui construit une maison et qui rentre le soir se coucher contre moi et me prenne sans que je me demande si, la nuit, il ne va pas se relever et partir...

J'ai aimé follement un homme qui est parti...

Sans un mot. Sans une explication. Sans même se retourner.

Un homme drôle, raffiné, cultivé, séduisant, rapide, puissant. Un homme qui voulait être le roi du monde et dicter sa loi.

Sa loi d'homme.

Et moi, je croyais que je serais sa reine. Pour toujours...

Je ne veux plus jamais aimer un tel homme, Jonathan. Plus jamais.

Et pourquoi vous fais-je cet aveu ?

Pourquoi ai-je le courage de vous faire cet aveu ? De me rapprocher de vous ? De jouer tous les rôles à nouveau ? De poser les questions et de donner les réponses ? De dénouer patiemment l'écheveau de l'amour ?

Parce que je n'ai pas peur de vous.

Et c'est là que Nathalie entre en scène.

Comme les confidentes de Racine ou les servantes de Marivaux.

Nathalie a les mains usées par le ménage, le teint

jaune de celle qui parfois boit trop d'apéritifs, des racines noires sous ses mèches blondes, Nathalie porte des caleçons trop moulants, des tee-shirts Mickey, Nathalie va « au » coiffeur et conduit la voiture « à » sa mère, Nathalie égrène des chapelets de gros mots, Nathalie ne lit que des romans policiers, mais Nathalie me connaît et m'aime avec toute sa science de femme généreuse et tendre.

Elle m'avait vue guetter vos lettres, me cacher derrière la caisse pour les ouvrir vite, vite. Elle m'a surprise en train de les lire et de les relire. Elle m'a observée en train de rêvasser, puis de plier la lettre en quatre et la glisser dans ma poche. Et la déplier parfois, dans la journée, quand elle épluchait les pommes pour les tartes ou beurrait un moule pour un cake...

On travaille ensemble depuis trois ans, maintenant. Elle aussi m'avait invitée à passer Noël avec elle, Riquet, les enfants, les parents...

Le soir de Noël, juste avant de partir, elle m'a jeté, désinvolte : « Alors, vous ne l'ouvrez pas le grand paquet de l'Américain ? » J'ai dit : « Oui, oui... » Elle m'a répondu : « Vous avez peur, n'est-ce pas ? » Je lui ai répondu qu'elle était folle et qu'est-ce qu'elle allait s'imaginer, que je n'avais pas eu le temps, un point c'est tout. Elle a souri. Et qu'il fallait qu'elle arrête de lire des romans à quatre sous, ça lui pourrissait la tête ! Elle a souri encore. Alors j'ai renchéri, furieuse, je lui ai dit que moi, les hommes, c'était fini et c'était

47

très bien comme ça ! Et ce n'était pas le paquet d'un Américain en goguette sur les routes de France qui allait me troubler ! Elle m'a dit : « Ah ! bon... J'aime mieux que vous le preniez comme ça parce que l'Américain, il n'est plus jeune, jeune. L'aurait plutôt l'âge d'être votre père, voire votre grand-père ! »

Alors, tout à coup, la peur, l'inquiétude, la fébrilité dans lesquelles je vivais depuis des semaines, tout cela est tombé comme un grand manteau dont on se défait en entrant dans une maison trop chauffée...

Et je n'ai plus eu peur.

Et je peux vous parler...

Et je peux même comprendre, maintenant, que c'est votre âge, votre expérience des uns et des autres, votre sensibilité de cœur patiné qui vous a guidé pour me faire tous ces cadeaux si inquiétants d'intimité...

Je peux comprendre.

Ça va bien avec les livres que vous lisez, le temps que vous prenez, le regard que vous posez sur nous, petits Français...

Voilà, Jonathan, vous avez appris un secret de femme.

Mais il est tard... Ce soir, je vais aller dîner (et non réveillonner !) chez mon amie Josepha. Il est temps que je me poudre le nez, que je mette du brillant sur mes lèvres, vos boucles à mes oreilles et que j'aille faire la belle chez Josepha afin de rencontrer un homme simple et enraciné. Un homme immobile.

Joyeux Noël, Jonathan...

Et toute ma gratitude émerveillée,

Kay.

PS : J'ai oublié de vous dire que je n'ai ni télé, ni magnétoscope, ni ordinateur ! Il va falloir que j'investisse d'ailleurs... mais je n'en suis pas si sûre ! Je préfère lire. Et je n'aime pas l'idée d'avoir tous ces appareils, tous ces fils, ces télécommandes dans mon antre... J'irai voir *Le Fleuve sauvage* chez Josepha : elle est équipée, elle ! Elle lit le *Jerusalem Post* chaque matin sur son ordinateur. Ce qui la met fort en colère ! C'est son pays (elle vient d'Israël, son père était rabbin et pieux comme une dévote !) et c'est son dilemme quotidien. Elle fustige l'intolérance des siens, compatit au drame des Palestiniens, refait l'histoire d'Israel tous les jours, rêve d'un dialogue impossible entre les deux camps. Et elle ajoute : « Si j'étais restée là-bas, en parlant comme je parle, je serais déjà morte ! » Josepha est bonne et belle d'âme. Je l'aime infiniment et c'est ma voisine à Fécamp...

Kay Bartholdi
Les Palmiers sauvages
Fécamp

Le 28 décembre 1997.

Juste un petit mot pour vous informer que Guy de Maupassant passait tous ses étés à Fécamp. Sa grand-mère y habitait. Et il était copain avec Jean Lorrain... Je les imagine tous les deux, encore petits garçons, assis sur un banc, face au port à regarder les bateaux entrer et sortir, à parler littérature, l'un tout maigre et l'autre tout gros. Avec des maillots rayés de petits marins et de gros godillots. Plus tard, ils se sont fâchés... Pour un livre où l'un se serait reconnu dans l'un des personnages et n'aurait pas apprécié ! Les auteurs sont très susceptibles, vous savez. Il faut les aimer et n'aimer qu'eux ! Leur faire croire tout le temps qu'ils sont les plus importants, les plus brillants, les plus « uniques ». Jean Genet était ainsi. Un cœur de princesse au petit pois sous des allures de dur ! Il se fâchait avec tous ses amis car il leur demandait l'impossible, rien que pour les tester, pour voir jusqu'où ils pouvaient aller pour l'amour de lui !

Louis Bouilhet, aussi, a habité près de Fécamp. C'était le grand ami de Flaubert. Il lui servait d'enquêteur. Flaubert le mettait à la tâche tout le temps. « Et peux-tu te renseigner sur l'état des hôpitaux dans la région ? Et comment y accouchait-on ? Et comment se déroulaient les comices agricoles ? Et combien de temps duraient les discours ? Et quelles bêtes étaient vendues ? Et la taille des cornes, des encolures, des jarrets ? Prends des notes, prends des notes et envoie-les-moi... » Et le Bouilhet galopait pour plaire au Maître qui utilisait ses notes ensuite dans ses romans. Pauvre Louis Bouilhet ! Il est mort à quarante-huit ans et Flaubert en a été inconsolable !

J'aime cette ville. Je ne sais pas pourquoi. Je ne pourrais pas la décrire pour votre guide. D'ailleurs, je déteste les guides, je ne les lis jamais ! C'est un air, une atmosphère, une odeur de port et de poisson, des petites maisons de briques rouges et de silex noirs toutes semblables, toutes modestes, emboîtées les unes contre les autres, le cri des mouettes, les bonnes normandes qui sentent le beurre et la crème épaisse, qui discutent par grappes les jours de marché, les rues étroites et pavées, les embruns salés de la mer, les visages rouges comme la brique des maisons...

L'histoire des terre-neuvas continue à imprégner le port. J'ai connu une très vieille Fécampoise qu'on appelait « la mère trois ballons ». Quand on hissait les trois ballons sur le grand mât du port, cela signifiait que la mer était dangereuse et qu'il ne fallait pas que les bateaux sortent. « La mère trois ballons » poussait son mari et ses fils sur le quai pour qu'ils partent travailler ! Droite contre le vent, le fichu noué sous le menton, le tablier plaqué contre ses cuisses fortes, elle les entraînait et ne les lâchait pas tant qu'ils n'avaient pas embarqué, la trouille au ventre ! Ils obéissaient sans broncher à la « mère trois ballons » ! Aujourd'hui, il n'y a plus guère de bateaux de pêche... Une dizaine peut-être. Mais, dans le port, on fait le commerce du bois et du sable...

Vous marquerez tout ça dans votre guide ? Cela fera de la « viande » pour votre éditeur...

Amicalement,

Kay.

Kay Bartholdi
Les Palmiers sauvages
Fécamp

Le 1er janvier 1998.

Bonne année, Jonathan !
Many happy returns !
Toujours tout seul sur votre toile cirée face à une dinde surgelée ?

Vous aviez raison : ma mère était anglaise et mon père italien. C'est pour cela que mon prénom et mon nom s'entrechoquent. Et mon frère, c'était Mark pour ma mère, Marco pour mon père...

Marco, pour moi aussi.

Vous n'avez plus besoin de livres ? Vous avez encore un sacré crédit !

1998 souhaits de bonne année,

Kay.

Kay Bartholdi
Les Palmiers sauvages
Fécamp

Le 15 janvier 1998.

Que se passe-t-il ? Plus de nouvelles depuis trois semaines ! Aurais-je la mauvaise adresse ? Vous serait-il arrivé quelque chose ? Est-ce votre tour d'avoir les deux poignets plâtrés ?

Ou êtes-vous vexé parce que je n'aime pas les guides ?

Moi, j'ai été en inventaire pendant deux jours. Il a fallu compter et recompter tous les livres, un par un, pour connaître l'état du stock, savoir si on avait été volé, si des livres s'étaient évaporés. Le comptable était là et surveillait tout d'un air pointilleux ! Et soucieux ! Combien pèse mon stock ? Quel est le taux de démarque ? Je lisais tout ça dans ses yeux...

C'est un jeune homme très dévoué. Il s'appelle Jean-Bernard, porte des petites lunettes cerclées et me reproche de lui faire trop facilement confiance.

Il dit que les escrocs sont des hommes charmants et que c'est pour cela qu'on leur confie tout, les yeux fermés. Ils vous ensorcellent, vous enrobent de beaux mots, de profits mirifiques et pfutt ! votre magot s'est évanoui. Il dit cela d'un air si sérieux que ma confiance redouble !

Si j'ouvrais son col empesé et ôtais ses lunettes cerclées, si je lui ébouriffais les cheveux, je pourrais l'aimer, Jean-Bernard. C'est un homme droit, solide et qui me tire de toutes les situations vacillantes, de tous les bilans dangereux.

Nathalie nous a aidés. Elle me surveille du coin de l'œil et renifle les traces de l'Américain... (C'est comme ça qu'elle vous appelle !) Elle se méfie de vous, on dirait. Riquet passait la chercher le soir, en râlant parce qu'on finissait trop tard. C'est un homme de trente-cinq ans, petit, râblé, couvert de tatouages, avec un je-ne-sais-quoi de James Dean dans son jean et son blouson de cuir. Je le trouve très séduisant et recommande à Nathalie de veiller au grain. Elle hausse les épaules. Ils ont trois enfants, vivent ensemble depuis dix ans, elle ignore le danger, bâcle le plaisir et se consacre à son ménage...

Voilà, Jonathan, les dernières nouvelles de Fécamp.

Écrivez-moi, je commence à me faire du souci !

Kay.

Jonathan Shields
Hôtel Les Sables blancs
Concarneau

Le 20 janvier 1998.

Kay,

Oui, je suis mélancolique..

C'est la faute des fêtes, de cette période de Noël qui, moi aussi, me ronge la tête. Ces réjouissances idiotes qui vous forcent à prononcer des mots inutiles et creux, qui vous font paraître « bizarre » aux gens suspicieux, parce que vous êtes seul, sans lettres ni cadeaux, sans coup de téléphone, sans petit sapin portable accroché au cou !

Je déteste Noël parce que j'ai connu des Noëls heureux, si heureux...

Autrefois.

C'est effrayant ces adultes déguisés qui se forcent à faire la fête, à vider leur porte-monnaie, à s'empiffrer, à se donner l'accolade en descendant des verres !

C'est écœurant ces tonnes d'amour obligatoire qui

vous tombent sur le paletot parce que c'est Noël !
« Joyeux Noël, monsieur Shields ! Joyeux Noël ! » Et
moi d'opiner en hochant la tête comme la vache
devant sa litière ! Tous ces gens satisfaits et qui n'ont
rien fait ! Tous ces gens qui cahotent dans leurs vieilles ornières !

Je suis dépaysé, malade, furieux.

J'en veux à la terre entière.

Juste avant, j'étais gai dans ma solitude, dans mon
dernier soleil d'hiver sur mes petites routes aux
arbres déplumés. J'achetais mon journal le matin,
buvais mon café noir serré, préparais mon itinéraire,
j'attendais vos livres, je me grattais la tête devant un
mot ou un autre. J'avais repris l'étude de l'italien
pour arriver frais et alerte au pays de Garibaldi ! (Je
compte en effet m'accorder un long repos en Italie,
après mes recherches en France.)

Moi aussi, je déteste les guides. Je suis un touriste
d'un genre particulier : le pittoresque m'ennuie. Je
préfère le quotidien, le détail volé, un mot de patois,
une frite dorée, un coucher de soleil simple comme
un trait d'orange, le piqué d'une mouette sur un
filet, un bonimenteur dans un supermarché. Pas
besoin d'aller loin et de faire le savant, tout est là,
à vos pieds, sous votre nez, si vous savez regarder...
Fuck the guides ! Dès qu'il y a mise en scène ou décor
léché, l'ennui me tombe sur la tête ! Et me rend
misanthrope !

Heureusement, il y a eu vos livres.

Je les ai tous aimés. Sauf Jean Lorrain qui m'a un peu lassé... Trop d'éther ! Trop d'éther !

Mais c'était un choix à moi. Un choix soufflé par un lecteur zélé qui voulait faire le fin lettré !

Et j'ai lu le Littré. J'y vois plus clair entre « insolent » et « impertinent ». Il y a aussi effronté, désinvolte, hardi, audacieux, irrespectueux... avant de tomber dans l'arrogance, l'orgueil, la vantardise, la grossièreté, l'impudence. La frontière est mince, et que de mots avez-vous pour frôler les limites, les effleurer, les caresser sans jamais les dépasser ! J'aime les gens hardis, impertinents, insolents, audacieux. Mais les arrogants, les orgueilleux, les désinvoltes, les grossiers, je ne suis pas si sûr... Je pourrais les gifler avec volupté, leur briser les mâchoires, les projeter face contre terre.

Bref, les mots m'ont sauvé, une fois de plus, de la morosité !

Vous aussi, à votre manière, vous roulez dans une ornière, entourée d'amis et de chaleur humaine ! Vous l'avez choisie et semblez vous y complaire...

Vous voilà libraire ! Vous œuvrez pour la société ! Vous sauvez des âmes, pansez des plaies. Sainte Kay, priez pour moi, veillez sur moi !

Moi, j'ai envie de faire la grève ou de courir, furieux, vers d'autres barricades...

Voilà pourquoi je ne vous ai pas écrit.

Je rageais, je bouillonnais, je dépérissais, je happais l'air par toutes mes branchies.

Encore convalescent,

Jonathan.

PS : Merci quand même pour *Maison des autres*. C'est un chef-d'œuvre, n'ayons pas peur des mots et devenons fin lettré et zélé ! Quand je serai plus calme, je vous en reparlerai...

Kay Bartholdi
Les Palmiers sauvages
Fécamp

Le 1ᵉʳ février 1998.

Oh là là ! Que de colère ! Calmez-vous donc !
Est-ce ma faute ? Vous aurais-je irrité avec mes
œuvres de bonne sœur littéraire ?
Êtes-vous jaloux de tant de bonheur simple ?
Mais je me le suis fabriqué, cher monsieur
Shields ! Toute seule ! Et je suis partie de très bas,
très, très bas ! Sans parents bienveillants ni Pygma-
lion libidineux !
Et je ne vous permets pas de vous en moquer !
Cuvez votre noirceur et revenez-moi sans goudron
ni pollution.
Sévèrement,

Une libraire qui vous fait un pied de nez.

Jonathan Shields
Hôtel du Port
La Rochelle

Le 5 février 1998.

Toutes mes excuses, mademoiselle, toutes mes excuses, Kay !

J'ai dû un peu trop boire et un peu trop seul. Cela me prend certains soirs quand je vois tout en noir. Ma vie défile, soudain, en accéléré et j'ai envie de freiner et de repartir en arrière. De tout ravauder. (On dit « ravauder » ? C'est ma dernière hôtelière qui me l'a enseigné... mais il sonne *phony*, ce mot !)

C'était Noël...

C'était *Maison des autres*, aussi.

Je savais que ce livre me secouerait... Mais je ne m'attendais pas à une telle violence.

Je porte un lourd secret aussi, et pas de curé en vue pour me confesser !

Cela m'a rendu fou.

Peut-on être pardonné avant qu'il ne soit trop tard ?

Ai-je dépassé le temps autorisé ?

Vais-je mourir avant que de parler ?

Le Fils de Bakounine, aussi, m'a remué. Je l'ai relu après vous en avoir parlé (je vous fais, voyez-vous, des infidélités et commerce avec d'autres libraires !). Le même homme vu sous toutes ses coutures par d'autres, bienveillants ou non... Sait-on à vingt ans ou à vingt-cinq ans pourquoi on agit ou, pire, on réagit ? Pourquoi on confond tout, amour et amour-propre ?

Faut-il porter toute sa vie le poids d'une infamie ?

Le mot est trop fort.

D'une étourderie, peut-être.

D'une forfanterie.

D'un geste plein de panache mais qui crucifie l'autre, qui crucifie les autres ?

J'ai été ce jeune homme insouciant et cruel. Je ne suis pas si vieux que Nathalie le dit.

Excusez mes humeurs, Kay, je m'en repens humblement.

Je ne me traîne pas à vos pieds car je suis trop fier, mais le cœur y est !

Vivez, heureuse, votre vie de libraire.

Et gardez de moi le souvenir d'un homme qui n'a fait que passer.

Et ce n'est pas une formule pour faire joli. Je passe toujours dans la vie des gens sans jamais m'y arrêter.

Je ne dois pas être aussi courageux que je me plais à le croire.

Un impudent qui se repent,

Jonathan.

Kay Bartholdi
Les Palmiers sauvages
Fecamp

Le 15 février 1998.

Je n'aime pas beaucoup votre ton condescendant.
« Vivez heureuse votre vie de libraire. » J'entends
« votre petite vie de libraire » quand je lis vos mots
et je vous trouve arrogant, impudent, agressif.

Avez-vous fait beaucoup mieux de votre vie ?

En êtes-vous satisfait au point de mépriser les
pauvres efforts d'autrui pour construire pierre à
pierre un château branlant ?

On a tous l'illusion du bonheur. On le poursuit tels
des affamés. C'est même cet espoir qui fait vivre.
Sinon, autant se coucher et attendre que la fin arrive !

Qu'est-ce que je fais de votre avoir ?

Je le dépense comme il me plaît et vous envoie
des livres sans que vous me le demandiez ?

Je ne veux rien vous devoir !

Scrupuleusement,

Kay Bartholdi.

Jonathan Shields
Hôtel des Pins bleus
Biscarrosse

Le 20 février 1998.

Dites ? Vous les lisez vraiment attentivement, mes missives !

Chaque mot est compté, pesé, passé à la loupe !

Je n'ai pas droit à la faute, au moindre écart d'humeur !

Je suis très flatté !

L'arrogant Jonathan.

Kay Bartholdi
Les Palmiers sauvages
Fécamp

Le 26 février 1998.

Arrogant, certes, mais distrait encore plus !
Vous ne m'avez toujours pas dit quoi faire de
votre argent !
Et Jean-Bernard se demande dans quelle colonne
le mettre...
En attente ou pertes et profits ?
Je balance, il balance, nous balançons...
Et le chèque est toujours dans ma caisse !

Kay Bartholdi.

Jonathan Shields
Hôtel du Parc
Saint-Jean-de-Luz

Le 3 mars 1998.

Allez-y, dépensez mon argent, faites-en ce que vous voulez !

Je quitte les rivages bleus et m'enfonce dans les montagnes...

Je pars directement pour Font-Romeu...

Je ne supporte plus la mer, surtout en hiver. Elle me met la tête à l'envers...

Un pénitent,

Jonathan.

PS : ... parce que vous l'appelez « Jean-Bernard » maintenant votre comptable ? Belle ascension !

Kay Bartholdi
Les Palmiers sauvages
Fécamp

Le 10 mars 1998.

Jonathan,

Vous venez sans le savoir de renverser la situation...

Votre impatience, votre outrecuidance vous ont sauvé !

En délaissant, sur un coup de tête, les rivages pour les alpages, vous m'avez rattrapée par le bout du nez !

J'allais vous snober (nez en l'air...)

Vous ignorer... (yeux de côté !)

J'allais vous oublier, vous poser comme un paquet abandonné sur le banc d'une gare, d'une église ou d'un square... Ci-gît Jonathan Shields, Américain balourd et prétentieux !

J'allais me désintéresser totalement de vous lorsque...

Lorsque vous avez prononcé ce mot magique : Font-Romeu !

Font-Romeu, Jonathan ! Font-Romeu !

Qui dit Font-Romeu évoque un livre, un petit bijou de la littérature française ignoré par tous, qu'on ne trouve sur aucune étagère ni de librairie ni de bibliothèque ! Qu'aucun de ces grands esprits qui règnent sur la vie littéraire ne mentionne jamais ! Qu'aucun nostalgique ne suggère, les yeux mouillés, les mains tremblantes, les yeux levés vers le ciel...

Quatre-vingt-huit pages et demie, en grosses lettres, en petit format...

Quatre-vingt-huit pages et demie d'enchantement, de délices, de sensualité, de sauvagerie, d'amour monstrueux béni des dieux, de cruauté banale, de fait divers si quotidien...

Un bijou, je vous dis, un bijou !

Un de ces livres qui vous marquent au fer rouge et dont on ne se relève jamais ! Qui vous réveillent la nuit pour en goûter encore un petit peu ! Qui vous collent à la peau et vous accompagnent partout comme un fantôme affectueux !

J'ai nommé : *Confidence africaine* de Roger Martin du Gard.

Ce livre m'est précieux, Jonathan, si précieux. J'ai mis des mois, et j'oserais le dire des années, avant de pouvoir le relire sans pleurer.

Et si je vous l'indique, c'est que je vous aime encore un peu...

Que je n'ai pas perdu tout intérêt pour cet Américain égaré qui se gonfle d'importance et méprise les petits métiers !

Lisez-le, Jonathan, lisez-le.

Je vous l'envoie dès aujourd'hui et je suis sûre que vous n'en sortirez pas indemne. Prévoyez des mouchoirs, des gouttes et du sirop. Des Kleenex pour essuyer vos lunettes (si vous en portez, vu votre grand âge !) et des nuages pour vous raccrocher au monde des vivants !

Généreusement vôtre,

Kay.

PS : Seul problème : le prix de cet ouvrage (publié, je m'en excuse, en format de poche, collection « L'imaginaire », chez Gallimard) est ridicule. Qu'est-ce que je fais du reste de l'avoir ?

Jonathan Shields
Hôtel des Pyrénées
Font-Romeu

Le 16 mars 1998.

Bien reçu votre lettre mais pas de trace du livre !
Dites-moi, vous me semblez bien guillerette !
Jean-Bernard aurait-il succombé ?
Ou avez-vous trouvé l'arbre, le tracteur, le toit sur la maison et le cultivateur pour combler votre solitude de femme affamée ?
Les femmes seules sont des voraces, des cannibales qui m'effraient.
Quant à l'avoir, faites-en ce que vous voulez !
Allez boire le champagne avec votre fiancé !

Jonathan.

Kay Bartholdi
Les Palmiers sauvages
Fécamp

Le 20 mars 1998.

Ça y est ! Vous recommencez ! Vous vous rendez haïssable !

Est-ce une manie chez vous ?

Avez-vous si peur de l'amour que vous préférez qu'on vous déteste ?

Ou possédez-vous une si belle image de vous que toutes les femmes doivent succomber, vous obéir au doigt et à l'œil et ne vivre que prosternées ?

Cessez de vous conduire comme un nabab !

Je vous lance un livre comme une ultime bouée de sauvetage, je vous tends la main alors que vous venez de me bafouer et vous recommencez ?

Vous ripostez de plus belle !

Mais que vous importe ma vie, cher Jonathan ?

Que vous importe que je dorme serrée contre un tracteur ou tout contre des lunettes cerclées, embuées de désir doux et tremblant ?

C'est ma vie, Jonathan !

Vivez la vôtre sur les routes de France ou de Navarre et laissez-moi en paix !

Kay.

PS : Quant au livre, je vous l'ai envoyé, mais à part. Vous ne devriez pas tarder à le recevoir ! Et sinon, commandez-le chez un de vos libraires itinérants !

Jonathan Shields
Hôtel des Pyrénées
Font-Romeu

Le 1er avril 1998.

Oh Kay !

Pardon, mille fois pardon, dix mille fois pardon, cent mille fois, un million de fois pardon !

Kay, oublions tout, oublions nos querelles, nos amours-propres froissés, nos susceptibilités, nos esquives de bretteurs qualifiés.

Posons les armes...

Vous êtes mon égale ou, mieux, je suis votre vassal, je m'incline, je me rends, je déchire ma vanité, mon orgueil, ma morgue imbécile.

L'aveu me monte aux lèvres, Kay, et si je le retiens, c'est que j'ai peur encore. Peur de votre réaction, peur de ce rendez-vous mille fois souhaité, imagine, mis en scène, dialogué.

Mille fois annulé.

Ce rendez-vous avec moi-même. Sans tricher.

Sans fuir. Sans arborer de nouveaux masques. Sans articuler de nouveaux mensonges.

Mille fois, moi aussi, j'ai fait les questions et les réponses.

Et mille fois, je n'ai pas pu parler.

Le silence est le malheur des hommes.

Aujourd'hui encore, j'hésite à me livrer...

Parlons du livre !

Merci de ce cadeau terrible !

Vous ne pouvez pas savoir.

Trop fort, trop beau, trop douloureux ! Une fulgurance qui me blesse le cœur comme un coup de lance ! Cet amour à huis clos. Ce secret. Cette passion charnelle. Cet amour impossible. Et la vie qui recouvre tout de son ciment d'indifférence, d'appétence, d'ambition puérile, factice, facile... Qui veut croire que rien ne s'est passé, qu'on peut tout oublier. Mais si le temps efface tout, si c'est un remède souverain, c'est qu'il ne s'est rien passé du tout !

Cette pièce au-dessus de la boutique du père...

« C'est là qu'on a grandi, tous les deux. On était très libres, vous comprenez : à notre troisième étage, nous échappions à toute surveillance ; mais on n'en abusait pas. Notre différence d'âge s'effaçait d'année en année. On s'entendait à merveille. D'autant mieux qu'on avait à supporter ensemble l'humeur du père, qui tempêtait du matin au soir dans son rez-de-chaussée. »

Je le connais par cœur, Kay.

Je le connais par cœur et j'aurais pu l'écrire (le talent en moins, bien sûr ! Ne soyons pas arrogant...).

« Ces choses-là, vous voyez comme ça peut arriver tout naturellement. C'est même tout simple, n'est-ce pas, quand on y pense, quand on retrouve à peu près l'enchaînement des détails.

« Eh bien, ça a duré quatre ans. Quatre ans, oui. Même un peu plus. Et je n'ai pas honte de le dire... Les quatre plus belles, les quatre seules vraiment belles années de ma vie ! »

Kay, je n'en peux plus.

Encore un peu, cependant... Encore un peu.

« Dans un ménage, quand on s'entend bien, qu'on a très longtemps vécu ensemble, qu'on s'est usé l'un près de l'autre, on se sent lié par des sentiments profonds, une espèce d'entente sans explications, intérieure, inconsciente et qui ne ressemble à rien d'autre, n'est-ce pas ? C'est ça qui fait qu'on forme un couple... Eh bien, nous, on a connu ça tout de suite, cette espèce d'entente secrète des vieux ménages... »

Je cite de mémoire, ce que ma mémoire a bien voulu retenir. Elle ne sait plus, ma mémoire, où est la réalité, où est la fiction... Elle ne sait plus.

Vous avez porté le fer rouge dans ma plaie, vous avez forcé mon cœur scellé, je reste immobile, sans voix, sans force. J'ai tout laissé tomber : le guide et les voyages. Je vis terré dans ma chambre, au milieu de ces montagnes qui sont les plus belles du monde, à contempler ce petit livre, ce petit recueil de rien du tout arrivé par la poste française, dans le sac jaune d'un facteur français qui me l'a déposé sans savoir qu'il posait une bombe...

Si vous vouliez vous venger, me faire mesurer ma vacuité, la vanité de toutes mes années passées, de tous mes rêves, de toutes mes entreprises, si vous vouliez me mettre à terre et m'écraser du pied, vous avez gagné, Kay.

Vous avez gagné...

Jonathan.

Kay Bartholdi
Les Palmiers sauvages
Fécamp

Le 26 avril 1998.

Jonathan,

J'ai mis du temps à vous répondre.

Et je ne sais pas quoi vous dire, vraiment pas quoi vous dire. Je suis allongée sur mon lit.

Je viens de fermer la librairie.

Les jours rallongent. Le soleil monte plus haut dans le ciel et frappe les falaises. Les flèches de la Bénédictine brillent plus fort. Les arbres déploient leurs feuilles encore roulées comme du papier à cigarettes. La jetée en bois qui fend la mer luit et grince, léchée par mille vagues. Les mouettes guettent les bateaux qui rejettent des débris de poissons, piquent dans l'eau, remontent le bec chargé de viscères...

J'entends Josepha qui sort les tables de son restaurant sur le quai et Laurent qui lui crie que c'est trop tôt encore, trop frais, trop de vent, temps normand. Nathalie est partie rejoindre Riquet et ses enfants, le dernier a la varicelle, et Riquet sort le soir sans donner d'explications et rentre très tard.

Je regarde l'immense, la très haute grue bleue par la fenêtre qui tourne comme une girouette et charge un long cargo gris et rouge, le *Wagenborg*. On dirait un oiseau qui se tient sur une patte. Je suis comme la grue. Je vis sur une patte...

Comme une girouette.

Depuis si longtemps.

Moi aussi, Jonathan, ce livre a bouleversé ma vie.

Cela fait longtemps que je ne l'ai pas relu parce que, chaque fois que je l'ouvre, je me retire de la vie et demeure, aveuglée, inerte, au bord de la route, privée de force et d'espérance.

Et je veux à tout prix retrouver l'appétit !

Je veux retrouver l'appétit !

Kay.

Jonathan Shields
Hôtel de la Terrasse
Sète

Le 1ᵉʳ mai 1998.

Je ne répondrai que par ces vers d'Emily Dickinson, que vous semblez aimer :

> *Le « pourquoi » navré de l'amour*
> *Est tout ce que l'amour peut dire*
> *De deux syllabes sont bâtis*
> *Les plus vastes cœurs qui se brisent*

Pourquoi, Kay, pourquoi ?

Jonathan.

Kay Bartholdi
Les Palmier sauvages
Fécamp

Le 5 mai 1998.

Parce que j'ai eu le cœur brisé, Jonathan...

Et je ne suis pas sûre que les morceaux se soient recollés.

Parce que j'ai eu si mal, si mal que j'ai cru en mourir...

Parce qu'un autre que moi, mon semblable, mon même sang, mon même souffle, ma même peau, mes mêmes cheveux, mes mêmes dents, mon même sourire, en est mort tout debout, lui.

Parce que, je vous l'ai dit, je veux aimer la vie, malgré tout.

Malgré tout.

Le soleil de printemps qui rebondit à mes pieds et me force à me lever...

Les bains du petit matin quand la ville s'ébroue à peine.

81

Les galets polis sur la plage que mes plantes de pied ont apprivoisés.

Le bruit des vagues qui font chanter les galets quand elles se retirent.

Ma peau toute salée que je lèche à grands coups de langue.

Les fromages de madame Marie.

Les gâteaux de monsieur Laîné.

Les moules-frites de Laurent et Josepha.

La présence tendre et bourrue de Nathalie.

Les pinceaux blancs du phare, la nuit, ma seule compagnie.

Je chasse toutes les autres.

Je les chasse tous. Je les désire, je les convoque, je me jette à leur cou, je leur fais des nœuds partout et... je les tranche.

D'un seul coup.

Sans avertissement.

Ils durent ce que durent le désir physique, l'envie de frotter ma peau contre une autre, de se faire étreindre, entourer, fouiller, retourner...

Comme le tracteur dans la terre...

Ou plus doucement...

Comme les lunettes cerclées embuées de tendresse.

Je hais la douceur, la tendresse, la passion quand elles ne viennent pas de lui...

De cet homme qui s'est éloigné, un beau matin, en bateau sur le port.

Que j'ai regardé partir en serrant la main d'un autre dans ma main.

Un autre qui aimait aussi cet homme plus que tout.

Cet homme qui nous abandonnait.

Pour qui ? Pour quoi ?

Pourquoi, Jonathan ? Pourquoi est-il parti ?

Je n'ai jamais compris.

Alors je préfère rester seule.

Dans ma chambrette, face à la mer. Avec mes livres, les mouettes qui me raillent, le vent et la tempête.

Ces compagnons-là me vont bien.

Ils ne me demandent rien. Je ne leur donne rien. Un amour commence à exister quand chacun offre à l'autre le fond de ses pensées, les secrets les plus verrouillés. Sinon, ce n'est pas de l'amour, c'est de l'échange de peaux, de désir immédiat, et l'on se retrouve, détroussé, comme après le passage d'un cambrioleur.

Gardez votre secret, je garderai le mien.

Souvenez-vous de la vieille femme et du curé, dans *Maison des autres*.

Les secrets ne sont pas faits pour être échangés avec des inconnus.

Elle en est morte.

Qu'est-ce que je sais de vous ?

Et vous voulez me raconter votre vie !

Sans façon, Jonathan !

Restons-en au rayon des livres, prudemment.

Il y en a plein d'autres magnifiques qui ne nous déchireront pas les entrailles, qui nous berceront d'illusions, ou nous infuseront dans des douleurs plus tièdes, plus lointaines.

Plein d'autres qui nous feront voler très haut, loin de nos « pourquoi ».

> *Si pouvoir --- équivalait à vouloir ---*
> *Ténu serait --- le Critère ---*
> *C'est l'ultime de la Parole ---*
> *Que l'Impuissance à Dire*
>
> Emily Dickinson.

Je suis dans cette impuissance-là.

Kay.

Jonathan Shields
Hôtel de la Terrasse
Sète

Le 8 mai 1998.

Parlez, Kay. Parlez !

Je vous en supplie, je vous l'ordonne, je vous forcerai...

Les secrets ravagent ceux qui les enferment à double tour, les secrets font des dégâts épouvantables.

Et vous prétendez aimer la vie ? On ne retrouve l'appétit, comme vous dites, que lorsqu'on les a exorcisés, qu'on s'en est libéré...

Si vous demeurez muette, farouche, obstinée, vous finirez comme la vieille femme dans *Maison des autres*. Vous mourrez toute seule, abandonnée.

Notre rencontre n'est peut-être pas fortuite.

Je vous ai été envoyé, parfait étranger, pour que vous vous libériez de ce poids qui vous courbe en deux, vous isole, vous replie sur vous-même... Est-ce normal, à trente-deux ans, de demeurer recluse au milieu de livres et de clients en mal de vivre ? Est-ce normal ? Posez-vous la question franchement. Sans mentir, sans tricher...

Jonathan.

Kay Bartholdi
Les Palmiers sauvages
Fécamp

Le 15 mai 1998.

Non, ce n'est pas normal !

Mais qu'est-ce qui est normal dans la vie ?

De naître de deux parents si dissemblables qu'eux-mêmes restent effarés, abasourdis devant la vie qu'ils se sont construite ? De grandir en entendant leurs cris, leurs plaintes, leur fureur, leur douleur, les mains plaquées sur les oreilles pour ne pas écouter ? D'être un plus un dans cette tourmente infinie ? De se raccrocher à un troisième larron pour aspirer un peu d'air frais, d'amour, d'émerveillement ?

Rien n'est normal, Jonathan ! La vie n'obéit pas à des lois « normales » quand l'amour la déserte...

L'amour est un grand menteur, un grand dissimulateur. Il vous force à tout donner puis s'en va, repu, ennuyé, à la recherche d'autres cœurs à dévaliser.

Alors on se raccroche à des bouts de bois qui flottent.

À une ville qu'on apprend à aimer.

À des étrangers qui deviennent familiers, qui pansent vos blessures avec des petits riens... Josepha et sa colère inextinguible devant le conflit palestino-israélien, Josepha et Laurent en cuisine, leurs soles dorées, leurs moules grasses et pleines, les conversations de fins de dîner où l'on refait le monde, où l'on se calcule des yeux. (Va-t-elle bien ? Va-t-elle mieux ? Est-ce qu'elle y pense encore à cet homme fugitif ?) Nathalie et Riquet, la bonhomie de madame Marie qui ne comprend pas très bien mais sort pour moi ses meilleurs fromages de sous son comptoir et monsieur Laîné qui fait cuire des miches dorées, rien que pour moi, pour mes goûters de fille seule. Il y glisse une barre de chocolat et ne me les fait jamais payer !

Ils connaissent tous mon histoire. Le dénouement a eu lieu, sous leurs yeux, à Fécamp.

Ils m'ont tous sauvée, à leur manière, avec leurs moyens à eux. On dit les Cauchois froids, calculateurs, moi je sens tous les jours battre leur cœur sous leur méfiance affichée.

Ils m'ont recueillie.

Et je me suis construit un abri. Oui.

On se construit une bulle, on prend la paille qu'on vous tend et on réapprend à respirer. Tout doucement. Avec ces petits riens justement. Ces petits bonheurs de rien du tout, quand le grand bonheur, le bonheur effrayant, le bonheur plus grand que tous les autres vous a déserté.

J'ai connu ce bonheur effrayant. Je n'en veux plus. Je ne veux plus rien de grand, d'immense. Ou je le veux à ma taille. Que je puisse passer mes bras autour de son cou, de ses épaules, de ses rêves et le tenir, le tenir...

Ne cherchez pas à comprendre.

Ne me forcez pas à me souvenir.

Restons-en à nos discussions de boutiquiers éclairés...

Là, je me sens à l'aise, alerte, diserte. Je peux même vous faire rire !

Merci de m'écouter, Jonathan.

Please, please...

Kay.

Jonathan Shields
Hôtel Jules César
Arles

Le 19 mai 1998.

Alors je vais revenir...

Je vais revenir à Fécamp.

Je m'installerai à l'hôtel et j'attendrai.

J'attendrai que vous vouliez bien me parler.

Au diable le guide et mon boss qui veut de la
« viande ». J'ai des carnets remplis de notes et Garibaldi attendra !

Je ferai un roman et je le vendrai aussi bien.

Simenon s'est bien servi de Fécamp pour l'un de
ses romans noirs. Je ne me souviens plus du titre,
mais je l'ai lu, autrefois. *Les Rescapés du « Téléma-
que »*, je crois. L'ambiance vous donnait plutôt envie
de fuir ce port que d'y rester.

J'ai déjà écrit : des livres, des scénarios. J'ai pro-
duit des films. Des films que vous avez vus, en
France, qui vous ont attendrie, émue, fait éclater de

rire, peut-être. Ils ne sont pas tous mauvais. J'ai ce qu'on appelle un nom et une carrière.

Mais je vous le répète, je ne suis pas si vieux !

Je n'avais accepté ce boulot que parce que j'étais « en panne » et qu'on me proposait beaucoup d'argent. Que mon nom ferait vendre !

Avec tous les écrivains qui ont vécu à Fécamp, cette ville doit avoir un « je-ne-sais-quoi » qui pousse ses habitants à écrire.

Pourquoi pas moi ?

Je vais revenir, Kay, et j'attendrai. Je saurai être patient.

Ou j'apprendrai.

Jonathan.

Kay Bartholdi
Les Palmiers sauvages
Fécamp

Le 23 mai 1998.

Il n'en est pas question, Jonathan !
Il n'en est pas question !

Si vous mettez votre projet à exécution, si vous revenez à Fécamp, j'épouse Jean-Bernard ! Il me l'a proposé, hier soir, alors que le soleil se couchait sur le port et que c'était si beau, si beau qu'il a eu le courage de parler... Il avait apporté une bouteille de champagne qu'on a bue tous les deux sur un banc, face à la mer, et il s'est déclaré...

Et alors, je ne parlerai plus. Je serai la femme d'un autre et j'emporterai mon secret dans la tombe. Je serai la femme muette et fidèle d'un autre et je le rendrai heureux, de toutes mes forces, de toutes mes forces.

Vous avez raison, Jonathan, et le mot est exact, je suis farouche, très farouche. Déterminée aussi. Rien ne me fera plier. Ni votre projet, ni vos ordres, ni vos menaces.

Je n'aime pas la force dont vous me menacez.

Je n'aime pas la toute-puissance des hommes. Elle ignore trop souvent la détresse de ceux qu'elle foudroie, qu'elle enjambe pour arriver à ses fins.

Je hais les nababs...

Tenez-vous-le pour dit. Et écrit !

Kay Bartholdi.

PS : il coule dans le sang de mes veines, la violence de mon père, sa rudesse, sa volonté féroce, une certaine cruauté même dont je ne suis pas si fière... Mais je saurai m'en servir si vous me menacez.

Jonathan Shields
Hôtel Jules César
Arles

Le 27 mai 1998.

Alors là, vous y allez fort !

Le mariage comme menace extrême !

Mais, dites-moi, vous l'aimez un peu quand même ce Jean-Bernard si bon, si doux, si attentif à vous ?

Je ne voudrais pas être la cause d'un mariage-chantage.

Je m'incline.

Vous avez encore gagné, Kay.

Désormais, je serai muet.

Je vais poursuivre mon voyage et ne vous importunerai plus.

Respectueusement,

Jonathan.

PS : Juste un mot : aurai-je le droit de parler de vous, de votre librairie, des fromages de madame Marie, des pâtisseries de monsieur Laîné, des soles dorées, des moules pleines et grasses de Josepha et Laurent dans mon guide ? Cela ferait de la très bonne *meat*...

Kay Bartholdi
Les Palmiers sauvages
Fécamp

Le 1er juin 1998.

Jonathan,
Vous faites ce que vous voulez de votre guide, vos adresses, votre viande fraîche. Je peux même, si vous le désirez, vous envoyer par écrit toutes les indications précises à inscrire dans votre ouvrage...
À condition que vous restiez loin, très loin.
Nous pouvons aussi reprendre le commerce des livres.
C'est le seul lien que je tolérerai entre nous !
Professionnellement,

Kay Bartholdi.

Jonathan Shields
Hôtel Le Pigeonnier
Aix-en-Provence

Le 15 juin 1998.

Chère Kay,

J'ai bien reçu votre lettre mais avec du retard.

J'ai évité Marseille et son Vieux-Port. Ce sera pour une autre fois...

Je suis maintenant à l'hôtel Le Pigeonnier à Aix-en-Provence et je vais y rester un moment.

La Provence et son arrière-pays sont des lieux de villégiature privilégiés par les Américains et je dois fouiller le pays à la recherche de villages et d'endroits « pittoresques ». Dieu, que je déteste ce mot ! Il me donne envie de regarder mes pieds toute la journée et de les décrire en long, en large et en travers !

Mais je vais m'y « coller » comme on dit en argot ! Pas le choix ! Je reviens à mon rôle de touriste pénitent et joue les curieux, les naïfs, les ébouriffés, *avé l'assent*. Toute mon enfance me revient par bouffées.

Nice n'est pas loin même si ce n'est pas à côté et mon père avait l'habitude de beaucoup nous promener !

Amicalement,

Jonathan.

Kay Bartholdi
Les Palmiers sauvages
Fécamp

Le 28 juin 1998.

Cher Jonathan,
Alors là, vous le faites exprès !
Je connais cet hôtel dont vous me parlez !
J'y suis allée autrefois. Je devais avoir vingt ans.
Nous étions tous les trois. Je me souviens de la salle
à manger dehors sous l'allée de platanes, des grands
volets verts, de la fontaine à gueules de dauphins,
des glycines, du chant irritant des cigales, des dalles
où mes pieds nus laissaient des empreintes qui s'effa-
çaient au soleil, et ça me rendait triste qu'elles disparaissent si brusquement. Je demandais alors :
pourquoi s'évaporent-elles si vite ? David éclatait de
rire et me disait : « Mais tu n'es qu'une enfant ! » et
ça me vexait.
David, c'était l'autre.
C'était il y a douze ans.

Le temps s'évapore si vite, mais les souvenirs persistent.

N'y avait-il pas un autre hôtel où vous pouviez vous arrêter ?

Aix-en-Provence est truffé d'hôtels pour touristes américains et vous choisissez celui-là ?

J'ai reçu une édition unique des *Chroniques inédites* de Guy de Maupassant, éditée par l'édition d'art H. Piazza à Paris, avec une préface de Pascal Pia. Elle n'a été distribuée qu'aux libraires normands. Cela vous intéresse-t-il ? C'est un gros livre, qui rassemble des articles de journaux écrits par Maupassant et jamais publiés auparavant.

La première chronique s'intitule « Un après-midi chez Gustave Flaubert ». Elle est magnifique. Elle décrit Flaubert en train d'écrire. « Dans un fauteuil de chêne à haut dossier, il est assis, enfoncé, la tête rentrée entre ses fortes épaules ; et une petite calotte en soie noire, pareille à celles des ecclésiastiques, couvrant le sommet du crâne, laisse échapper de longues mèches de cheveux gris, bouclés par le bout et répandus sur le dos. Une vaste robe de chambre en drap brun semble l'envelopper tout entier, et sa figure, que coupe une forte moustache blanche aux bouts tombants, est penchée sur le papier. Il le fixe, le parcourt sans cesse de sa pupille aiguë, toute petite, qui pique d'un point noir toujours mobile deux grands yeux bleus ombragés de cils longs et sombres.

« Il travaille avec une obstination féroce, écrit, rature, recommence, surcharge les lignes, emplit les marges, trace des mots en travers, et sous la fatigue de son cerveau, il geint comme un scieur de long. »

Saviez-vous que Flaubert avait les yeux bleus et de sombres cils ? De longs cheveux qui lui battaient le dos ?

« Quelquefois [....], il prend sa feuille de papier, l'élève à la hauteur du regard, et, s'appuyant sur un coude, déclame d'une voix mordante et haute. Il écoute le rythme de sa prose, s'arrête comme pour saisir une sonorité fuyante, combine les tons, éloigne les assonances, dispose les virgules avec science, comme les haltes d'un long chemin : car les arrêts de sa pensée, correspondant aux membres de sa phrase, doivent être en même temps les repos nécessaires à la respiration. Mille préoccupations l'obsèdent. Il condense quatre pages en dix lignes ; et la joue enflée, le front rouge, tendant ses muscles comme un athlète qui lutte, il se bat désespérément contre l'idée, la saisit, l'étreint, la subjugue, et peu à peu, avec des efforts surhumains, il l'encage comme une bête captive, dans une forme solide et précise. Jamais labeur plus formidable n'a été accompli par les hercules légendaires, et jamais œuvres plus impérissables n'ont été laissées par ces héroïques travailleurs, car elles s'appellent ces œuvres à lui, *Madame Bovary, Salammbô, L'Éducation sentimentale, La Tentation de saint Antoine, Trois contes, Bou-*

vard et Pécuchet qu'on connaîtra dans quelques mois. »

Et puis... Ne voilà-t-il pas qu'on sonne à la porte !

Et quel autre géant arrive alors pour étreindre le Génie gaulois ?

Ivan Tourgueniev !

Suivi d'Alphonse Daudet, Zola, Edmond de Goncourt et beaucoup d'autres, et on assiste, comme si on y était, à leur conversation !

Je vous ai mis l'eau à la bouche, Jonathan ! Je me suis plongée dans ce livre avec délectation, et vous seriez bien sot de bouder mon offre...

N'empêche...

L'hôtel Le Pigeonnier...

Cela me laisse songeuse.

Croyez-vous vraiment que notre rencontre – ou plutôt notre correspondance – ne soit pas le fruit du hasard ? Qu'elle ait un sens qui nous échappe ?

Vous m'avez rendue perplexe. Une fois de plus...

Mais je n'ai qu'une hâte, pour le moment, vous quitter et retrouver Maupassant... Près de cinq cents pages : réfléchissez bien avant de le commander ! Mais vous avez encore un fameux crédit chez moi. Je parle de l'avoir, bien entendu...

Kay Bartholdi.

Jonathan Shields
Hôtel Le Pigeonnier
Aix-en-Provence

Le 3 juillet 1998.

Kay,
Bien sûr que je veux ce livre unique !
Et tout de suite !
Je suis un « fan » de Flaubert. J'utilise ce mot
exprès pour vous énerver. Je n'ai pas renoncé à vous
taquiner, mais ne m'aventurerai pas plus loin, c'est
promis.
Je ne veux pas perdre le contact avec une si excel-
lente libraire qui me nourrit de mets raffinés et uni-
ques !
Vous savez quel axiome Flaubert répétait sou-
vent ?
« Les honneurs déshonorent.
Le titre dégrade.
La fonction abrutit. »
Et il ajoutait : « Écrivez ça sur les murs. »

J'aurais dû l'écouter et ne lire que des murs !

Il disait aussi dans sa correspondance qui est un chef-d'œuvre : « Vous vous plaignez des femmes qui sont "monotones". Il y a un remède bien simple, c'est de ne pas s'en servir. »

Cela aussi, pour vous taquiner, chère Kay.

J'attends votre colis avec impatience.

En attendant, j'écoute le chant des cigales, me repose sous les glycines et caresse l'écorce des platanes.

Bucoliquement vôtre,

Jonathan.

Kay Bartholdi
Les Palmiers sauvages
Fécamp

Le 8 juillet 1998.

Cher Jonathan,
Le livre est parti hier. Bien ficelé, enveloppé dans du papier à bulles.

La librairie ne désemplit pas. C'est l'été et on me réclame surtout des guides, des cartes de voyage, des atlas, des cartes postales, des livres de cuisine, de bricolage, que sais-je encore ?

La petite Jennifer (l'enfant sauvée par les livres) est partie, hier, en vacances. Elle m'avait demandé de lui préparer des livres à lire sous la tente dans son camping. Je lui avais fait une longue liste et elle a presque tout pris. En poche, bien entendu ! Elle lit si soigneusement, si religieusement même, que lorsqu'elle n'a pas aimé un livre, je le lui reprends et l'échange contre un autre. (C'est arrivé pour *Le Silence de la mer* de Vercors. Elle l'a trouvé ennuyeux !) Ceux qu'elle aime, elle les garde « pour les relire et les relire, ils sont si beaux, Kay ». Sa mère m'est infiniment reconnaissante : Jennifer passe en troisième, haut la main.

Cette anecdote pour faire taire votre cynisme latent sur ma « petite vie de libraire », et j'ajoute « de province »... car je commence à vous connaître.

Le jeune homme, à qui j'avais conseillé un livre pour faire sa déclaration, s'est marié hier et j'ai été invitée à la noce. Les mariages, ici, durent deux jours pleins ! Et devinez quoi ? On n'arrête pas de manger. Poisson et viande à chaque repas, et un trou normand entre chaque mets ! J'en suis ressortie, étourdie et titubante !

C'est exactement comme dans *Madame Bovary*. Rien n'a changé. Je parle des us et coutumes, bien entendu. Car les femmes rêvent moins, peut-être. Elles sont moins crédules. Elles se laissent moins emporter dans des amours illusoires, passionnées.

Hier, j'étais à la terrasse du restaurant de Josepha, et j'écoutais la conversation de deux filles qui parlaient des hommes. Je n'ai pas été déçue. Flaubert n'aurait pas pu les traiter de « monotones », ces deux-là ! L'une avait rompu à quinze heures de l'après-midi avec son copain et, à dix-neuf heures, elle couchait avec l'ami de sa sœur ! Elle sortait d'une histoire d'amour qui avait duré trois ans, avait le sentiment d'avoir été flouée et voulait prendre sa revanche ! Les bretelles de sa robe légère tombaient sur ses épaules, laissant entrevoir un décolleté rond et doré. Elle réclamait de l'homme, de la chair fraîche, du plaisir immédiat. Avec une telle crudité que j'en ai eu honte !

J'étais atterrée. Et, en même temps, je n'oublie pas : j'ai été comme elle, j'ai parlé comme elle, j'ai sauté dans des lits à peine refaits comme elle.

Que nous ont fait les hommes, pour qu'on ait si fort envie de les blesser ? De se venger ? De se comporter comme eux ?

Nous sommes toutes devenues des marquises de Merteuil...

C'est triste.

Et arrêtez de me parler de cet hôtel, cela me rend nostalgique et faible ! J'y ai été si heureuse...

Kay.

Jonathan Shields
Hôtel Le Pigeonnier
Aix-en-Provence

Le 13 juillet 1998.

Pas encore reçu le colis, mais il ne saurait tarder.
Vous reste-t-il de l'argent ?
Je tiens fermement à ne pas virer dans le rouge.
Que dirait Jean-Bernard ?
À propos, vous ne parlez plus de vos noces à vous ?
Oh ! Mais je suis indiscret et vous allez me détester...
Je reprends mes distances et fouette quelques écartés et pas de ballet.

Je pars, ce soir, en goguette, danser dans les bals du 14 juillet avec une Aixoise que j'ai rencontrée. On dit que les filles d'Aix sont les plus jolies des Françaises et « on dit » a raison... Mon accompagnatrice est charmante. Et elle aime les livres !

Dansez bien sous les lampions de Fécamp !
Allons, enfants de la Patrie !
Héroïquement vôtre,

Jonathan.

PS : Je suis devenu très ami avec le propriétaire de l'hôtel. Un vieux monsieur charmant qui me confie des adresses inconnues dans l'arrière-pays... Ce sont ses fils qui ont repris l'affaire, il y a une quinzaine d'années. Alors il guette le complice, l'âme sœur avec laquelle s'épancher, frotter quelques mots pour faire jaillir l'intérêt. La retraite doit lui peser. Il m'aide dans mes recherches et je me ruine dans son auberge ! Il a une mémoire extraordinaire et un don d'observation très développé. Il traîne dans l'hôtel et on pourrait le croire désœuvré mais il prend des notes chaque jour sur chacun de ses clients, possède plusieurs carnets reliés par ses soins, et rêve d'écrire un livre sur toutes les histoires dont il est témoin. Il a déjà le titre : « Mémoires d'un hôtelier amusé ». Pas mal, non ? Il me surprend par ses emportements soudains, me charme par sa bonhomie, et me stupéfie par sa mémoire ! J'aimerais bien vous le présenter, un jour, quand vous ne serez plus en colère contre moi... Il a les mêmes yeux que Flaubert au travail : deux petits yeux perçants qui vous scrutent et vous épinglent de leurs pointes noires ! Parfois il me regarde tant que c'en est gênant ! On dirait qu'il me reconnaît ou que nous avons eu affaire dans une vie antérieure. Brrr...

Kay Bartholdi
Les Palmiers sauvages
Fécamp

Le 14 juillet 1998.

La librairie est fermée. C'est vacances aujour-d'hui ! Depuis quelques jours, le soleil plombe les toits et les humains marchent en cherchant l'ombre et en rasant les murs.

J'ai envie de vous écrire, sans raison, parce que j'ai un nouveau cahier et un nouveau stylo, offerts par un client pour me remercier de l'excellence de mes conseils ! J'aime les fournitures scolaires. Elles me donnent envie de retourner à l'école. Je les aime neuves et sentant encore le frais, la colle, le papier propre.

J'ai envie de vous écrire parce qu'il fait beau.

J'ai envie de vous écrire pour l'amour des mots.

J'ai envie de vous écrire parce que vous êtes loin et muet !

Et qu'il me faut bien quelqu'un à qui parler...

De rien, de petits touts...

Comme à un vieux confident !

Je me suis levée tôt ce matin, ai pris mon vélo rouge Gitane (dix-huit vitesses !), pédalé jusqu'à la plage en peignoir de bain (il était sept heures et demie et personne à l'horizon !), me suis jetée à l'eau. Un lac bleu, plat comme la paume de mes mains. Des bateaux de pêche au loin. J'ai nagé, nagé à en perdre le souffle, j'ai fait la planche en contemplant les falaises sombres et menaçantes, le matin, pas encore touchées par la grâce du soleil qui les farde de nuances dorées et rouges, et les rend plus aimables, plus coquettes en fin de journée. Chaque année, une dizaine de personnes se jettent de ces falaises pour en finir avec la vie ! Et moi, je refuse de vendre *Suicide, mode d'emploi* dans ma librairie et, pourtant, on me le demande !

Ce matin, je vous rassure, il n'y avait personne sur les falaises...

Rien qu'un vieux monsieur qui promenait son chien sur la jetée et qui m'a regardée, d'un air dégoûté comme si je l'offensais en me baignant si tôt !

Bon, je quitte la plage et je file à Valmont où il y a une foire à tout. Je vous écrirai de là-bas.

Avec mon carnet et mon stylo nouveau !

Je vous écrirai de Valmont.

À bientôt...

Ça y est ! Je suis arrivée à Valmont, au pied du beau château où grandit Delacroix. C'est là qu'il passa ses premiers étés et fit ses premiers fusains ! (Avez-vous lu son *Journal* ? Un gros volume. Je vais vous l'envoyer sans accord préalable de votre part ! Je prends des libertés ! Après tout, nous sommes le 14 juillet !)

À la foire à tout : pas grand-chose. J'ai racheté (pour cinq francs !) une édition de poche, d'*Une vieille maîtresse* de Barbey d'Aurevilly.

Et maintenant, la fringale me prend...

J'ai les cheveux encore humides, ramenés en chignon collé et tenu par une seule épingle, la peau toute salée, un grand appétit de petit déjeuner, de longues tartines beurrées et une grande envie de lire tout de suite, sur-le-champ, immédiatement.

Voracement !

Je suis entrée dans un café.

Les premiers clients (les habitués) sont déjà appuyés au bar, le nez dans leur gnôle, leur gros nez rouge boursouflé d'alcool. Ils ruminent.

Je me suis installée à la terrasse, ai sorti mon livre un peu jaune, raide, un peu écorné, beaucoup annoté et... les premiers mots m'ont enrobée d'une chaleur aussi ardente que celle de l'astre solaire !

« Une nuit de février 183... le vent sifflait et jetait la pluie contre les vitres d'un appartement situé rue de Varenne, et meublé avec toutes les mignardes élégances de ce temps d'égoïsme sans grandeur. »

« Ce temps d'égoïsme sans grandeur », c'est aujourd'hui, n'est-ce pas, Jonathan ?

« C'était le boudoir d'une femme qui n'avait jamais boudé infiniment, mais qui ne boudait plus du tout, de la vieille marquise de Flers. »

J'y suis. Dans le boudoir, dans l'histoire. Je la connais par cœur, mais redécouvre toujours quelques mots négligés lors des précédentes lectures. Comme au cinéma, quand on revoit un film et qu'on relève des détails passés inaperçus. Vous devez connaître ça, vous qui êtes de la partie !

Imaginez : je suis attablée à la terrasse du bistrot, et j'écris au fur et à mesure. J'écris en direct !

Le patron du bistrot vient de déposer le café (un grand bol fumant !), les tartines beurrées, un verre d'eau. Et l'addition. J'ai dit merci, je me suis gratté le menton et le nez (le sel de la mer, j'ai la peau si fragile, princesse au petit pois pour tout !), j'ai attrapé une tartine que j'ai trempée dans le café et j'ai plongé le nez dans le livre.

« D'ailleurs, Hermangarde était digne de son nom carolingien. Elle était fière ; fière et tendre, combinaison funeste. »

Et je continue...

À tout de suite, Jonathan !

J'ai dévoré le livre, Jonathan...

J'ai bu café sur café en m'enfonçant dans la passion immense de Vellini, Marigny et Hermangarde.

Le soleil montait par-dessus les toits en ardoise du village, les tables se vidaient puis se remplissaient autour de moi, les clients venaient faire leur tiercé, les vieux habitués, le coude fondu dans le bar, tout congestionnés, additionnaient les verres, les enfants couraient autour des tables, les femmes tendaient leur visage au soleil en clignant de l'œil, les hommes s'épongeaient le front et je lisais.

Je lisais. Je lisais. Je lisais.

Peu à peu, le monde, autour de moi, s'effaçait, escamoté par les mots du livre. Je répétais des phrases, relisais des paragraphes, reposais le livre quand les mots étaient trop forts.

« Car l'amour est une sainte enfance. »

Oh oui ! Je connais cela : la douceur, la pureté, l'innocence de l'enfant qui aime pour la première fois... Qui se donne, tout entière, sans aucune science amoureuse. « Ce n'est pas tout que d'aimer et d'être aimée. Il y a l'amour ; puis il y a la politique de l'amour. C'est une politique obligée. »

Mais je sais aussi la violence amoureuse de la femme qui a grandi et connaît toutes les affres, toutes les tortures, tous les philtres noirs, toutes les stratégies de l'amour.

J'étais Hermangarde et j'étais Vellini. La belle et douce, la noire et tourmentée. « Tu as de mon sang dans le tien. Voilà la magie, voilà ce que tu ne pourras jamais ôter de tes veines ! »

114

Je connais le huis clos. « Il n'y a qu'une atmosphère où l'amour n'étouffe pas, c'est la solitude. » Les bavardages émerveillés des amoureux, « cette causerie sur des riens qui sont tout dans la vie du cœur ». J'étais partout dans le livre. Dans la terre normande, dans les criques, dans les fuites effrénées sur les falaises, dans la félicité et la douleur.

Dans le cœur d'Hermangarde qui sait son bonheur menacé, « où est le bonheur de l'amour lorsque le doute nous vient faire trembler sur la loyauté des caresses ? ». Dans celui de Vellini qui quête l'amour comme une mendiante effrontée et vit dans une masure dans l'espoir d'apercevoir, peut-être, l'homme qu'elle aime plus que tout. « J'ai passé bien des heures à l'air du temps, assise ou errante dans les grèves, t'attendant toujours ; mais tu n'es pas venu. »

Et lui, entre ces deux femmes ? Ryno de Marigny. « Un être fort. Ses passions étaient grandes et le secouaient à tout faire craquer dans sa robuste nature. Il avait un de ces tempéraments mélangés de sang froid et de sang brûlant, privilège de naissance des grands joueurs et des hommes politiques. Dans les transes de l'émotion qui le secouait, Marigny était encore capable de réflexion et de calcul. »

Les hommes forts sont ainsi. Au zénith de l'amour, ils réfléchissent encore, ils calculent et leur décision est sans appel.

Je l'ai appris à mes dépens...

Mais Marigny est lâche aussi.

C'est ce que dit Paul Morand dans la préface. Il y a les hommes lâches et les hommes forts. Barbey d'Aurevilly avait vécu cette passion, mais il avait su rompre avec la chaude et perverse Espagnole qui était sa maîtresse. « Dans le feu le plus blanc et le plus central d'une flamme inextinguible, je lui dis avec joie, en rejetant le bras qu'elle avait sous le mien et en la regardant, comme probablement, elle n'avait jamais été regardée même par moi : "Regardez-moi bien, Madame, car vous ne me reverrez plus..." Je la plantai sur le trottoir et je sortis de sa vie comme on sort par le trou qu'on fait. »

« Je la plantai sur le trottoir et je sortis de sa vie... »

Pourquoi n'aime-t-on pas les hommes qui restent et vous dispensent de subir les atroces souffrances de l'abandon brutal ? Pourquoi a-t-on besoin de sublimes douleurs pour sceller les grandes histoires d'amour ? Pourquoi ne retient-on de l'amour que les moments de torture fulgurante ?

Vous qui êtes un homme et qui avez de l'expérience, pouvez-vous répondre à mes questions ?

Le soleil baisse à l'horizon. Il n'y a plus que moi à la terrasse du café. Le patron attend que je parte. J'arrache les pages de mon carnet où j'ai écrit ces mots, ces mots de 14 juillet qui ne dansent pas sous les lampions car ils réveillent des souvenirs dont la blessure n'est toujours pas refermée.

La lecture n'est pas une activité innocente.

On n'en ressort pas toujours indemne.

La lecture est dangereuse.

Elle m'a extirpé des aveux que je ne vous aurais pas faits sous l'emprise du bourreau...

J'ai la tête qui tourne et vais poster ma lettre...

Je n'irai pas danser, ce soir, aux bals du 14 juillet.

Kay.

Jonathan Shields
Hôtel Le Pigeonnier
Aix-en-Provence

Le 18 juillet 1998.

Kay,
Je n'ai pas de réponses.
Je n'ai que des questions.
Je ne crois pas qu'il y ait des hommes lâches et des hommes forts.
Il y a des hommes qui sont parfois lâches et parfois forts.
J'ai été un homme lâche et fort. Cruel et doux. Généreux et calculateur. Courageux et couard. J'ai été fier de moi et j'ai eu honte, très honte.
Je voudrais vous en dire tellement plus, Kay, si vous me permettiez de parler.
Un jour, vous m'entendrez peut-être...
Comme un lendemain de fête,

Jonathan.

Kay Bartholdi
Les Palmiers sauvages
Fécamp

Le 22 juillet 1998.

Il m'arrive une drôle d'histoire depuis le début de cet été.

Une femme, elle doit être âgée si j'en juge par sa voix, appelle le soir vers dix-huit heures et ne veut parler qu'à moi. Son ton est autoritaire, elle installe de longs silences entre ses mots et me commande des ouvrages en me donnant les références exactes : titre, éditeur, prix, nombre de pages, date de parution. Ce sont, pour la plupart, des ouvrages historiques. Aucun humour, aucun élan de sympathie, aucune envie de dialoguer. Elle me parle comme à un fournisseur subalterne. Les livres doivent être déposés à telle heure près de la caisse, la facture à l'intérieur du paquet. Et elle envoie quelqu'un les chercher. Elle paie rubis sur l'ongle et je ne la vois jamais. À quoi ressemble-t-elle ? Est-elle de passage ? Pourquoi désire-t-elle garder l'anonymat ?

A-t-elle un secret, elle aussi ?

Toutes les vieilles dames ne sont pas aussi glaciales et impériales. Je pense à mademoiselle Yvette, ancien professeur d'anglais, qui vient avec son Caddie chaque mardi, en sortant du Monoprix, et le remplit de livres d'art. Elle en achète bien deux ou trois par semaine. Elle doit avoir une très bonne retraite ou avoir hérité d'un pécule confortable ! Certains vieux remplissent leur maison de chats, elle, elle la remplit de livres... Elle marche en canard sur des talons noirs et porte des socquettes blanches. Elle va, une fois par semaine, au musée Malraux, au Havre, se plante devant un tableau (un seul !) et le contemple pendant tout le temps que dure sa visite ! Ensuite, elle vient acheter un ouvrage sur le peintre. Elle a les yeux qui brillent de joie et est intarissable.

Vous connaissez le musée Malraux, au Havre ? Il est superbe. Face à la mer et rempli d'œuvres de Boudin. Un pan entier du musée est consacré aux peintures, aquarelles, dessins de vaches par Boudin. L'ensemble est étonnant.

Hier, un marin anglais à qui j'avais dégotté une carte sur les courants marins dans la Manche (pas une mince affaire !) m'a fait déposer une caisse de bordeaux excellent, avec un petit mot « à le plus charmante des libraires, John ».

Hier aussi, j'ai eu affaire à un petit monsieur (tout

petit, il devait mesurer un mètre cinquante-cinq !),
sec et nerveux, la peau si transparente qu'on voyait
ses vaisseaux à fleur de peau, qui cherchait l'intégrale
des sermons de Bossuet ! Il a paru très contrarié que
je ne les aie pas ! Il furetait parmi mes étagères en
haussant les épaules et en se gaussant des titres.
Je l'entendais siffler « libertinage ! libertinage ! ».
Nathalie et moi étions au bord de la crise de rire...

Cela a fait du bien à Nathalie qui vit des heures
angoissantes avec Riquet. Elle renifle l'existence
d'une maîtresse, il jure que non et part dormir dans
sa voiture. Elle vérifie sur son portable qui il a appelé
dans la journée, et a demandé le détail de ses com-
munications à SFR ! Elle travaille toujours aussi
bien, mais je la sens distraite parfois, triste et fatiguée. Elle fume de plus en plus et a des cernes sous
les yeux. Je m'inquiète pour elle.

Il fait toujours chaud et chaud et j'enfourche mon
vélo rouge chaque petit matin pour mon bain quotidien. Je croise toujours le vieux monsieur dégoûté
et son chien !

Je lis les romans de la rentrée littéraire et fais mon
choix entre les piles qui augmentent. Je veux en
choisir quelques-uns que je « pousserai », comme on
dit dans notre jargon. Certains écrivains se prennent
vraiment trop au sérieux et se regardent écrire en
poussant des soupirs de satisfaction.

Je repense à Flaubert...

Voilà, Jonathan, je finis ma tarte et retourne à la tâche,

Comme un mois de juillet,

Kay.

Jonathan Shields
Hôtel Le Pigeonnier
Aix-en-Provence

Le 28 juillet 1998.

Kay,

Il fait beau, il fait chaud, les platanes font de l'ombre, l'eau de la piscine est à vingt-huit degrés, la fontaine chantonne et les glycines balancent leurs grappes violettes au soleil...

Un touriste,

Jonathan.

Kay Bartholdi
Les Palmiers sauvages
Fécamp

Le 2 août 1998.

Vous boudez ?

Il boude...

Ou vous faites des siestes avec votre belle Aixoise ?

Des siestes et des nuits qui vous fatiguent ? Vous n'avez plus la force de prendre la plume ou d'agiter vos doigts sur le clavier de l'ordinateur ?

Le bas-bleu de Fécamp vous ennuierait-elle ?

Kay.

PS : En tous les cas, vous ne semblez plus lire du tout...

Jonathan Shields
Hôtel Le Pigeonnier
Aix-en-Provence

Le 8 août 1998.

Très chère Kay,
Le monde ne s'arrête pas à Fécamp...
Le saviez-vous ?
L'international,

Jonathan.

Kay Bartholdi
Les Palmiers sauvages
Fécamp

Le 13 août 1998.

Pour moi, un jour, le monde s'est arrêté à Fécamp.
C'est peut-être pour cela que j'y suis restée.
Que je vis dans ma bulle...
Ma toute petite bulle...
Une provinciale,

Kay.

Jonathan Shields
Hôtel Le Pigeonnier
Aix-en-Provence

Le 18 août 1998.

Mais le monde est si grand...
Pourquoi perdre tant de temps ?
Pourquoi vivre si seule, dans une chambrette ?
Je sais, je sais. Vous allez me parler de l'exquis
Jean-Bernard, mais il n'a pas l'air de prendre tant de
place, cet homme adorable.
Parce qu'il est adorable, justement ?
Il y a d'autres soleils couchants, d'autres bouteilles
de champagne, d'autres bancs sur d'autres quais...
Un aventurier,

Jonathan.

Kay Bartholdi
Les Palmiers sauvages
Fécamp

Le 22 août 1998.

J'ai compris, je vous lasse.

Vous rêvez de grand large et je vous fais l'effet d'une tisane.

Voici un chèque de deux cent soixante-trois francs. C'est tout ce qu'il reste sur votre compte.

Je vous ai envoyé le Journal de Delacroix et un très beau livre sur Eugène Boudin, peintre « provincial » pour vous sûrement !

Adieu, Jonathan !

Kay Bartholdi.

Jonathan Shields
Hôtel Le Pigeonnier
Aix-en-Provence

Le 28 août 1998

Ma chère Kay,
Comment allez-vous ?
Comment va votre librairie ?
Fait-il toujours chaud à Fécamp ?
Le soleil s'y couche-t-il toujours, brûlant et rouge ?
Et les fromages de madame Marie ? Et les pâtisseries de monsieur Laîné ? Toujours aussi appétissants ?
Croisez-vous toujours le vieux monsieur sur la jetée ou est-il mort de froid en vous regardant nager ?
Fin des civilités.
Et début des hostilités !
Ah ! Ah ! J'en ai appris de belles sur vous...
Ah ! vous disparaissez en province ! Ah ! vous vous drapez dans votre robe de libraire ! Ah ! vous vous

cachez derrière de gros volumes bien épais, et une érudition de bibliothécaire ! Ah ! vous parlez de l'amour en termes si désabusés, si définitifs qu'on dirait une femme accablée par la vie, ses plaisirs et ses détresses !

Mais alors...

Que faisiez-vous à l'hôtel où je niche, avec cet homme si beau, si puissant que le propriétaire m'en a parlé comme d'un géant taillé pour des succès retentissants, un stratège de la vie, un visionnaire, un joueur, un séducteur devant lequel aucune femme ne peut baisser les yeux tellement elle en ressent de l'appétit ?

Que faisiez-vous, mademoiselle Kay, dans les auberges de Provence, dans des lits profonds et moelleux où vous offriez votre tendre jeunesse ?

Et féroce avec ça ! Tenant tout le monde à distance ! Silencieuse, presque muette, les yeux prêts à griffer, mais voluptueuse, gourmande, ondulante comme une chatte sauvage ! Difficile à approcher sauf pour cet homme, cet homme magnifique de dix ans votre aîné qui vous remorquait partout, votre frère et vous...

Cet homme dont vous teniez la main dès que vous quittiez la chambre...

Cet homme dont vous cherchiez l'ombre...

Et le sourire.

Il m'a tout raconté...

Mon aubergiste.

Il a fait des recherches dans ses petits carnets...

Vous n'aviez pas vingt ans, Kay. Vous aviez seize ans... Vous avez triché en racontant vos souvenirs. Ce doit être l'émotion, sans doute...

Il se faisait passer pour votre père.

Votre père à tous les deux, Marco et Kay.

C'est lui qui a rempli les fiches. David Boyle, Coyle, Royle... ?

Cela ne tenait pas debout, mais mon aubergiste avait fermé les yeux.

Vous étiez si beaux, tous les trois, paraît-il. Beaux à faire tourner la tête à la Sainte Vierge. À donner du talent à tous ces peintres du dimanche qui défigurent la région avec leurs croûtes infâmes ! Ce sont ses mots. Elle, brune comme le charbon en flammes, lui blond comme le blé qu'on va couper et le monsieur, impérial, majestueux, si à l'aise qu'on n'osait le contrarier.

Il vous a installés dans une grande suite. Une chambre pour votre frère et vous, une autre pour « le monsieur ». Et le lit de votre chambre n'était pas souvent défait...

Et vos mains ne se déprenaient pas, même pour manger.

Et vos regards s'évitaient de peur de prendre feu...

Et vos joues s'enflammaient dès qu'une autre femme approchait. Même de loin. Il a dû ne mettre que des hommes au service de votre table...

Toujours la même, un peu à l'écart sous les platanes. Pas loin de la fontaine dont le bruit couvrait votre conversation. Mais vous parliez si peu ! C'est lui qui parlait, qui faisait l'important, l'arrogant, le fier.

Et le frère suivait, la tête baissée. Égaré dans cette passion qui avait fait de lui le confident, le mendiant, le ramasseur de miettes... Cette passion qui s'emparait de lui au point qu'il ne pensait plus à regarder les femmes ! Et pourtant, il avait dix-huit ans, l'âge où l'on s'ébroue, où l'on veut goûter à tout !

Vous avez passé deux semaines et demie dans mon auberge.

Il vous a tout montré, « le monsieur ». La Sainte-Victoire sous toutes ses coutures. Parfois, vous râliez avec votre frère, vous vouliez rester au bord de la piscine mais un signe de lui, et vous vous leviez, de mauvaise grâce, mais vous vous leviez ; et le frère suivait comme attiré par une force étrange qui l'empêchait de s'éloigner de vous.

Le soir, quand tous les deux vous regagniez votre chambre comme des affamés, il traînait dans le salon de l'hôtel et regardait la télé. N'importe quoi. Il n'avait pas d'exigence. Ses yeux se perdaient dans le vague et il regardait sa montre.

Et puis, vous êtes repartis à Paris, tous les trois. Le monsieur avait une de ces grosses voitures qui intimident les jeunes filles. Il a laissé son adresse à Paris, 20, rue des Sentiers-Marie, dans le dix-neuvième.

C'est là que vous habitiez aussi, Kay ?

J'ai fait une recherche sur mon ordinateur. Vous détestez les câbles et les fils, Internet et la télé, mais cela est parfois fort utile.

Et au 20, rue des Sentiers-Marie, j'ai trouvé la Pizza Bartholdi. La pizza Giuseppe Bartholdi. Changement de propriétaire il y a quatre ans, mais les propriétaires actuels ont gardé le nom tellement la réputation de la pizzeria était bonne ! La patronne, d'ailleurs, a promis de m'envoyer sa carte pour que je la glisse dans mon guide.

Fort bavarde, la patronne ! Giuseppe tenait son établissement d'une poigne d'acier et tout le monde filait doux. Une seule chose l'intéressait : faire de l'argent. Et la fibre paternelle ne le démangeait pas. Les deux enfants « collés comme des berlingots » et sa femme, une Anglaise douce et effacée, qui préféra se laisser mourir que supporter le quotidien de cet homme violent et grossier. Il avait reporté son affection (ou plutôt son sang chaud d'homme) sur une de ses serveuses, une Sicilienne docile et rude, du nom de Maria, avec laquelle il s'est vite mis en ménage après la mort de sa femme. Et hop ! Les enfants, deux enfants, une fille et un garçon, ont dû laisser leur chambre au deuxième étage et ont trouvé refuge dans l'appartement d'un « monsieur », dont le père, exilé aux États-Unis et devenu citoyen américain, avait fait fortune dans le cinéma !

Nous revoilà donc au « monsieur »...

Ils vivaient tous les trois, la fille, le garçon, le « monsieur » dans l'appartement de ce dernier, un immense studio au dernier étage de l'immeuble.

On jasait dans le quartier, mais personne n'osait parler devant la fille qui faisait taire les bavardages d'un seul de ses regards noirs, incendiaires ! Ménage à trois, murmurait-on chez les commères, ménage à trois ! Et la petite si petite ! Et le frère et la sœur, vous croyez qu'ils...

Le père n'en avait cure. Les affaires marchaient, Maria se montrait bien plus résistante et bonne fille que la mère, et il n'était pas mécontent, au fond, d'être débarrassé de ses enfants...

Il est mort, il y a quatre ans. Devant son fourneau. Un coup de sang, un coup de chaud, il a été emporté en quelques secondes. Les enfants ont vendu.

Et ont disparu.

Ils ne sont jamais revenus dans le quartier.

Le « monsieur » avait vendu son immense studio quelques années auparavant, et les enfants évitaient le quartier.

C'est tout ce qu'elle savait, la nouvelle propriétaire. Après, elle m'a vanté l'onctuosité de ses pizzas, la fraîcheur de ses produits, la réputation de ses pâtes, et son délicieux gâteau au chocolat. « Croustillant sur le dessus, moelleux et fondant à l'intérieur. »

Elle devait penser que je prenais des notes !

Je prenais des notes, Kay, mais pour ne rien oublier de vous !

Les histoires vraies sont parfois plus capiteuses, plus puissantes, plus envoûtantes que celles inventées par des écrivains en mal d'imagination...

Si vous êtes fière encore un peu, si vous êtes entière comme je le devine, si vous aimez les détails et l'exactitude, comme vous le prétendez, vous ne me laisserez pas avec une mauvaise version de votre histoire, une version à quatre sous, narrée par une commerçante affamée de publicité et de détails aguicheurs...

Un homme infiniment troublé,

Jonathan.

Kay Bartholdi
Les Palmiers sauvages
Fécamp

Le 3 septembre 1998.

Mais qui êtes-vous, Jonathan Shields ?

Qui êtes-vous ?

Qui êtes-vous pour enfoncer les portes de ma vie, violer mon intimité, saccager mes souvenirs ?

Un détective privé ?

Un écrivain en mal de matière fraîche, de *meat*, comme vous dites, qui se nourrit de la vie des autres parce qu'il est stérile comme une figue sèche ?

Un journaliste qui enquête pour un journal à scandales ?

Il y a deux ans, j'ai reçu un coup de téléphone d'un journaliste américain qui écrivait un grand article sur David Royle pour *Vanity Fair*. Il était remonté jusqu'à moi et voulait tout savoir sur cet homme si puissant, si en vue à Hollywood. Son enfance, son adolescence, ses goûts de garçon, ses faiblesses, ses vanités, ses grandeurs et ses petitesses. Il appelait de Los Angeles et il voulait venir jusqu'à Fécamp ! Il savait à peine que c'était en France ! Il était prêt à me payer une fortune, *money, money*, vous n'avez que ce mot à la bouche ! Je lui ai raccroché au nez mais, la semaine suivante, je recevais un gros paquet d'articles, tous sur David Royle, l'homme fort du cinéma américain, David, le nabab au bras de Demi Moore et de Julia Roberts, David souriant de toutes ses dents, un cigare au bec au milieu d'autres nababs aussi étincelants et vains que lui, le triplex de David Royle sur Cienega Avenue, la Rolls de David Royle, la collection de tableaux de David Royle. Que des photos volées ! L'homme restait un mystère dans ce pays qui veut tout savoir sur ses célébrités. Et presque toujours, en gros titres : Qui est cet homme ? Qui est-il vraiment ?

Je ne connais plus cet homme. Je ne l'aime plus. J'ai aimé, autrefois, un homme qui s'appelait David et que je respectais et que j'admirais follement. Un homme intelligent, lucide, cultivé, qui débordait de projets et d'idées, de générosité et d'ingéniosité, d'humour et de tendresse, mais qui aimait la vie avant tout.

La vie, Jonathan Shields !

Sur les photos, j'ai vu un homme mort, un homme qui avait trahi, un homme qui se mentait à lui-même, qui avait abandonné femmes et amis pour construire son Veau d'or.

Quand le journaliste a rappelé, fier comme un fanfaron, pour me fixer une date de rendez-vous et augmenter la somme qu'il me proposait, je lui ai raccroché au nez une seconde fois.

Êtes-vous cet homme-là, Jonathan ?

Ce journaliste en mal de potins ?

Revenez-vous à la charge sous un nom d'emprunt, une fausse culture qu'on vous a refilée en fiches cuisine pour endormir ma méfiance ?

Vous perdez votre temps, Jonathan, et de plus, vous perdez une amie. Car j'avais fini par m'habituer à vous...

Vous m'aviez apprivoisée avec vos lettres, avec vos mots, vos formules, vos images, vos narrations. Comme le renard apprend au Petit Prince à l'apprivoiser. Une lettre après l'autre. Un jour après l'autre. Vous remplissiez ma vie, vous y souffliez de l'air chaud, du sirocco, de la tramontane, du mistral, du pampero. Tous ces vents dont David m'avait appris les noms et que je rêvais de sentir sur nos deux fronts unis. Je me confiais à vous, je me rendais tout doucement, je baissais la garde...

Jean-Bernard me paraissait fade et le soleil couchant de Fécamp plus froid, moins rouge, moins flamboyant... Les fromages de madame Marie ne me mettaient plus en appétit, je demandais « vous n'avez rien d'autre ? » en me penchant par-dessus le comptoir et je n'allais plus chercher ma miche dorée au chocolat que pour ne pas peiner monsieur Laîné. Je perdais le goût de Fécamp, le goût de la retraite, le goût des bains au petit matin, le goût des galets qui blessent les plantes de pied, je regardais à nouveau partir les bateaux...

J'osais poser les yeux sur les bateaux qui levaient l'ancre, sur les marins qui agitaient la main et hissaient la voilure.

Votre brutalité, votre mensonge, votre habileté de faux-monnayeur ont tout détruit et je me retrouve défaite, blessée, flouée.

Vous n'aurez plus rien de moi, Jonathan Shields. Plus la moindre bribe de mon passé. Plus la moindre confidence.

J'étais si en colère après avoir lu votre lettre que je suis allée trouver Nathalie. Elle était dans la cuisine et tentait de ne pas pleurer en épluchant des oignons. Je me suis plantée devant elle et je lui ai demandé de me dire la vérité, toute la vérité sur ce Jonathan Shields qu'elle est la seule à avoir rencontré.

Elle a levé ses yeux rougis et m'a dit ben, il est comme je vous ai dit, pas très jeune... Mais encore, Nathalie ? Mais encore ? Ben, pas très jeune, quoi.

Je lui ai arraché le couteau des mains et, la pointe dressée vers elle, je lui ai demandé de tout me dire. Je sentais qu'elle mentait, qu'elle me cachait quelque chose, qu'elle évitait mon regard. Nathalie, c'est important pour moi ! Vous comprenez ça, très important !

Alors les oignons et son chagrin d'amour avec Riquet qui la ronge ont vaincu son mutisme. Elle a baissé la tête et m'a tout raconté. Non, vous n'êtes pas vieux, vous avez quarante ans environ, oui, vous êtes américain, elle a vu votre passeport quand vous avez sorti de l'argent pour payer, et surtout, m'a-t-elle dit, vous êtes si beau, si charmant, si séduisant qu'elle a eu peur pour moi !

Peur pour moi !

Peur que je retombe dans une histoire d'amour impossible où j'allais encore souffrir et souffrir et souffrir... où j'allais être la risée de toute la ville parce que je ne sais pas aimer « raisonnablement ». Vous êtes comme ça, Kay, tout d'une pièce, ce n'est pas votre faute, mais vous êtes comme ça !

Elle a voulu me protéger en vous travestissant en vieux monsieur âgé avec des gouttes et un cache-nez ! Et elle a réussi ! Je ne me suis pas méfiée de vous !

Mais ces temps de confiance et d'innocence sont révolus, monsieur Shields.

Je ne veux plus jamais entendre parler de vous, ni de David Royle.

Et si c'est lui qui vous a envoyé...

Car c'est une possibilité...

Si c'est lui qui vous a envoyé pour avoir des nouvelles de sa petite Kay, dites-lui *fuck off*... ou pour parler comme le vieux forçat : « Les hommes. Font chier ! »

Vous comprenez ce langage ?

Ce sera le mien désormais.

Kay Bartholdi.

Jonathan Shields
Hôtel Le Pigeonnier
Aix-en-Provence

Le 17 septembre 1998.

Votre lettre m'a brisé.

Je ne suis pas un détective privé.

Je ne suis pas un journaliste qui fouille les poubelles et les cœurs.

Je ne suis même pas un écrivain de guides touristiques.

C'est vrai, j'ai menti.

Je ne suis pas Jonathan Shields...

Mais je le suis aussi.

Kay, je vous en supplie...

Je joins à ma lettre une cassette de film. Regardez-la. Vous comprendrez tout. Ce sera ma manière à moi de me confesser à vous.

Je n'ose pas me présenter devant vous.

Pas encore.

Il s'agit d'un film. D'un film de Vincente Minnelli. *Les Ensorcelés* en français. *The Bad and the Beautiful* en anglais.

Je suis *the bad and the beautiful*...

Et je voudrais n'être que *beautiful* pour vous et pour toujours.

Regardez-le, Kay.

Ne faites pas comme pour *Le Fleuve sauvage* dont vous ne m'avez jamais plus reparlé.

Kay, je vous en supplie...

Hôtel Le Pigeonnier
Aix-en-Provence

Le 23 septembre 1998.

Pas de nouvelles...
Les derniers touristes américains ont quitté
l'hôtel.
Je suis seul avec monsieur Bonelli (le propriétaire)
et j'attends.
J'attends, Kay.
Je vous attends.
Oh ! Kay, je vous en supplie...
Un mot. Rien qu'un mot dans une lettre.
Un tout petit mot de vous...

Hôtel Le Pigeonnier
Aix-en-Provence

Le 1ᵉʳ octobre 1998.

Attendre une heure est long
Si l'amour est en vue
Attendre l'éternité est bref
Si l'amour est au bout

Pour vous, Kay, j'attendrai l'éternité...

Hôtel Le Pigeonnier
Aix-en-Provence

Le 15 octobre 1998.

Mais avez-vous, au moins, vu le film ?
Rien qu'un oui ou un non et je me redresserai.
Ce sera un fil qui se renouera entre nous.
Un fil d'ange dont je ferai un câble, un cordage
pour vous ramener à moi...

Hôtel Le Pigeonnier
Aix-en-Provence

Le 22 octobre 1998.

Il y a un an, vous m'écriviez votre première lettre...

Je l'ai relue et relue, ces derniers jours.

Oh ! Je voudrais tant revenir à ces jours heureux où vous m'ouvriez votre librairie, votre tête, votre cœur.

J'ai été un idiot, un grossier personnage.

J'avais oublié qui vous étiez...

J'ai connu tant de femmes faciles, des femmes qui ne me résistaient pas, que j'ai perdu la science des cœurs purs, invincibles.

Je suis parti à l'abordage comme un vieux pirate madré...

Mais vous n'avez jamais été à prendre, Kay, je le sais.

Hôtel Le Pigeonnier
Aix-en-Provence

Le 26 octobre 1998.

Hier soir, fou d'inquiétude, d'impatience et de rage, j'ai appelé la librairie...

Je suis tombé sur une dame à la caisse (ce n'était pas Nathalie) qui m'a tout appris.

Kay, je t'en supplie...

Dis-moi de venir.

Dis-moi que tu m'as pardonné, que tu me pardonneras, que tu pourras me pardonner un jour, dans une éternité.

Kay, c'est horrible.

C'est ma faute. Tout est de ma faute.

Que pourrais-je faire pour me racheter ?

Le Veau d'or fracassé,

David.

Kay Bartholdi
Les Palmiers sauvages
Fécamp

Le 1er novembre 1998.

Enfin ! Enfin !
Depuis tout ce temps...
Je n'attendais que ça !
Ce petit mot en bas de la lettre.
David !
Que tu signes de ton nom, de ton vrai nom.
Que tu tombes le masque, que tu abandonnes ce nom d'emprunt que tu portais si bien et avec lequel tu croyais me berner...
J'ai vu le film, David.
J'ai vu le film chez Josepha et Laurent.
Le film qui raconte l'irrésistible ascension d'un ambitieux si séduisant, si brillant, si téméraire : Jonathan Shields.
Et je t'ai reconnu sans effort dans cet homme qui veut conquérir le monde, qui ne recule devant rien,

qui séduit, qui manipule, qui brise des vies de ses deux mains avides, pour l'amour du cinéma, pour l'amour de lui, pour l'amour de sa gloire.

Et, sans effort, j'ai retenu des larmes qui ne venaient pas. Je ne peux plus pleurer, David. J'ai versé toutes mes larmes sur Marco.

Et si je t'écris encore, c'est ma dernière lettre.

Lis-la, relis-la, encadre-la, place-la sur ta cheminée à côté de tes oscars d'homme triomphant.

« La gloire est le deuil éclatant du bonheur. » Madame de Staël. Tu te souviens ? Tu dissertais allégrement sur cette citation. Tu disais qu'elle se trompait et que tu aurais les deux : la gloire et le bonheur. La gloire avec le cinéma (tu reprendrais l'étendard de ton père), le bonheur avec nous, tendres chiots couchés à tes pieds, de l'adoration plein les yeux.

Marco et moi, on t'écoutait, bouche bée.

On te croyait. On rêvait avec toi. On épousait ton rêve. Il était le nôtre aussi puisque tout ce qui était à toi était à nous, n'est-ce pas ? C'est ce que tu nous répétais dans ton studio sous les toits, où nous vivions tous les trois...

Oui, je sais... C'est moi qui suis venue à toi, la première. Moi qui t'ai voulu de toutes mes forces de petite fille sauvage, moi qui ai dormi dans ton lit, la première nuit...

Et tu étais si pétrifié, si bouleversé par mon jeune âge (j'avais quinze ans à peine) que tu n'osais poser ta main sur moi. Tu dormais tout habillé. Ou tu ne dor-

149

mais pas, de peur que Marco ne nous entende, ne nous surprenne. Il reposait sur un matelas, au fond de la pièce, un matelas que tu avais mis là pour nous, Marco et moi, et qu'on roulait dans la journée.

Moi qui ai vaincu ta pudeur, ta retenue, ta peur...

Moi qui ai appris l'amour en te l'enseignant.

Je sais tout ça, David. Je n'ai pas oublié.

Tout ce qui s'est passé, je l'ai voulu, et même, je l'ai follement désiré. J'étais fière, si fière de notre amour. J'affrontais les regards dans la rue. Je marchais droite comme une allumette avec des yeux incandescents qui brûlaient les mauvaises langues. Je fixais les commerçants en faisant les courses de la maison. De « notre » maison. Celle de mon père, je l'avais oubliée à peine notre mère enterrée...

Je rentrais du lycée vite, vite pour me faire belle pour toi.

J'inventais des jeux pour que tu me désires encore et encore. Notre lit était mon royaume et je me promettais chaque jour de t'y enchaîner davantage. Tu te souviens du serment du sang dans *Une vieille maîtresse* ? Tu te souviens du soir où je me suis ouvert la veine du coude pour que tu boives mon sang et que nous soyons liés jusqu'à la mort ?

Ce n'était pas seulement un jeu de gamine, David. Je le pensais réellement.

Jusqu'à la mort...

Et les années passaient, mais on ne les voyait pas passer. Le bonheur ne laisse pas de traces. C'est une étoile filante. Il passe, c'est tout, il remplit la vie d'images éblouissantes qui défilent à toute allure et qu'on ne retient pas.

On vivait dans notre bulle à trois. Marco s'était fondu en nous. Sa vie, c'était nous, son désir, c'était nous, ses amours, c'était nous. Son cœur battait au rythme de nos corps, au rythme de nos caresses, au rythme de nos souffles et de nos affrontements.

Au rez-de-chaussée, mon père cuisait ses pizzas et maltraitait Maria comme il avait maltraité notre mère. Le soir, il calculait les gains de la journée, prévoyait de nouveaux fours, une belle enseigne au néon, rêvait d'agrandissements somptueux, empiétait sur son logis pour installer de nouvelles tables et nous repoussait chaque jour davantage dans ta tanière. Puis, ses comptes finis, ses rêves caressés, il montait se coucher sur la docile Maria qui devenait chaque jour plus molle et plus grasse comme un matelas qui ne gémit plus.

J'observais tout cela et je me promettais de ne jamais connaître son destin ni celui de ma mère.

J'épousais tous tes rêves, toutes tes ambitions.

Et j'entraînais Marco dans cette folle passion.

Là est ma faute, ma seule faute. Ma très grande faute.

Marco. Il avait perdu sa mère, il se raccrochait à nous. Il avait beau être mon aîné de deux ans, j'étais la poutre à laquelle il se cramponnait. Aussi noire qu'il était blond, aussi forte qu'il était frêle, aussi déterminée qu'il était hésitant. Quand maman est morte, il lui soufflait de l'air dans la bouche pour la ranimer.

« Ne pars pas, il disait, ne pars pas. » Puis il se tournait vers moi et suppliait : « Kay, fais quelque chose, Kay, s'il te plaît... » Il a gardé ses doigts emmêlés aux siens jusqu'à ce qu'on la dépose dans le cercueil en bois clair. Plus jamais il n'a regardé mon père, plus jamais il ne lui a parlé, plus jamais il ne l'a approché.

David, tu étais devenu le père qu'il n'avait plus.

Et tu le lui faisais croire...

Tu lui inventais un avenir, à l'image du tien. Tu l'inscrivais à des cours de tennis, d'anglais, de boxe française. Le plus beau sport du monde ! tu disais, un sport de gentlemen qui se battent sans abîmer leur smoking. Tu lui apprenais l'esquive, la danse du combat. Tu lui apprenais à conduire, à commander dans un restaurant, à regarder les filles, à siffler un taxi dans la rue. Tu lui achetais des pantalons trop grands pour qu'il se conduise en homme.

Il t'imitait en tout. Il te croyait quand tu lui dessinais un avenir flamboyant. Il me croyait quand je lui disais qu'il y avait de la place pour lui entre toi et moi.

Mais j'y croyais si fort, à ce destin à trois, à cette équipée sauvage partie d'une modeste pizzeria au 20, rue des Sentiers-Marie...

Oui, nous aurions la gloire et le bonheur.

À trois.

Le soir, on visionnait les films de ton père, et tu disais « avance », « recule », pour nous expliquer un plan, un détail, un jeu d'acteurs. Tu nous montrais la place de la caméra, la profondeur d'un champ, l'astuce d'un montage. Tu nous achetais des livres, tu nous apprenais à les mettre en images, tu nous as appris la beauté des mots, la structure d'une histoire, l'importance du détail...

Tu nous as tout appris.

Tout ce que je sais, tout ce que j'aime dans la vie, ça vient de toi, David.

Je suis pétrie de toi.

Et quand tu es parti...

Je ne savais plus rien.

Je ne savais plus marcher droite et fière comme une allumette. Mes yeux s'étaient éteints.

Je ne savais plus toiser les impudents.

Je ne savais plus où le soleil se levait et où il se couchait, je ne savais plus la nuit et le jour, le froid et la tempête, le pain qu'on mange et l'eau qui désaltère.

Je ne savais plus rien.

Tu avais tout emporté avec toi.

Et, le plus grave, David, c'était Marco.

Marco à qui, par ton départ, tu dérobais la vie.

Il est mort, ce jour-là, mon frère.

Il est mort quand le bateau s'est éloigné du quai et que tu nous as fait un signe de la main.

Il est mort quand il a lu le mot que tu nous avais laissé à l'hôtel.

« Je pars. Je vous aime tous les deux. Mais j'ai besoin de liberté... Besoin d'être seul. Je ne peux plus être un parmi les trois, je veux être un, tout seul. »

Tu laissais de l'argent, beaucoup d'argent, et une

rose rouge pour moi. Tu ne pouvais pas t'empêcher de mettre en scène nos adieux. Plus fort que toi ! Nous étions arrivés à Fécamp avec l'idée, l'illusion, que nous partirions avec toi sur ce beau bateau que tu venais d'acheter...

Quand nous nous sommes retrouvés, tous les deux, abandonnés dans cette chambre d'hôtel...

Ce fut terrible, David.

Marco s'est retourné contre moi.

Il a lu ton mot, le premier. C'était le grand frère, puis il me l'a tendu, le front sombre et menaçant, un méchant rictus aux lèvres.

C'est de ta faute, il m'a dit, tu n'as pas su le retenir. Tout est de ta faute. Je ne te le pardonnerai jamais.

Il a dévalé les escaliers de l'hôtel. J'ai couru après lui. Je ne savais plus après qui je courais. Après toi ? Après lui ? J'ai couru comme une éperdue...

J'ai couru toute la nuit dans les rues de Fécamp. Dans les bars, sur la digue en bois, sur les quais, à droite, à gauche. Dès que je voyais une lumière, je poussais la porte et je demandais : vous n'avez pas vu un jeune homme qui courait ?

On me regardait comme si j'étais folle.

Et j'étais devenue folle.

J'ai passé la nuit debout sur des cordages, enlacée aux cordes que je tirais pour te faire revenir, pour le faire revenir. Les yeux grands ouverts dans la nuit, j'ai guetté les lumières des bateaux. Tu allais revenir, tu allais faire demi-tour, notre amour était trop fort, trop beau...

J'ai passé la journée sur ce même quai et d'autres nuits et d'autres jours. Je ne voulais plus bouger.

Je ne pouvais plus bouger.

J'avais tout perdu.

Les nuits de tempête, je me dressais, arrimée aux bittes d'amarrage, mes vêtements mouillés collés contre moi, je défiais la mer de te ramener à moi. Je n'avais pas peur des vagues qui déferlaient, de l'écume qui me giflait le visage, des tourbillons de vent qui me renversaient, du noir qui m'enveloppait. J'étais comme la mère trois ballons, mais, moi, j'attendais que mon homme revienne. J'attendais que la mer me le rende.

Les gens de Fécamp passaient près de moi sans me regarder, mais je les entendais parler. Qui c'est ? Elle est malade ? Faudrait la porter à l'hôpital ? Des hommes s'approchaient, me dévisageaient, me soufflaient leur haleine qui puait l'alcool au visage et repartaient, dégoûtés, elle est ivre morte, j'entendais.

Une nuit où je m'étais endormie, j'ai été réveillée par un jet chaud et dru : un homme pissait sur moi, étendue.

Je restais là, poisseuse, inerte.

Je ne savais plus rien...

Comme morte.

C'est Josepha qui m'a ramassée, un petit matin, alors qu'elle ouvrait les portes de son restaurant et sortait les tables. Elle est venue s'asseoir à côté de moi, toute droite, toute digne, avec ses cheveux roux, sa frange rousse, ses petits yeux noirs si attentifs et elle m'a parlé. Faut pas rester comme ça, faut te lever, faut te débarbouiller, on dirait une sauvage, viens, je vais te faire une soupe et te donner un lit chaud...

J'entendais des mots mais je ne les comprenais pas.

Elle m'a relevée, m'a portée jusqu'à chez elle, elle m'a mise au lit tout habillée, toute sale. Laurent est arrivé et il a dit : faut appeler un médecin, elle est malade.

Elle est malade, a dit Josepha, mais un médecin n'y pourra rien. Il faut qu'elle dorme et qu'elle mange, on verra après.

Les jours qui ont suivi, je m'en souviens à peine. Josepha me nourrissait à la cuillère, comme un bébé. Elle me forçait à manger, elle me forçait à me lever, à faire quelques pas dans la chambre et, quand elle sortait faire les courses, c'est Nathalie qui me gardait. Elle avait pour consigne de ne jamais me laisser seule. Elle travaillait, à l'époque, comme femme de ménage chez Laurent et Josepha.

Je ne sais pas combien de temps je suis restée enfermée chez eux.

Je ne voulais pas me lever. Je ne pouvais pas m'approcher de la fenêtre. J'avais trop peur de voir un bateau qui partait.

Il paraît que je ne prononçais que deux mots : David ? Marco ? Et que je regardais Josepha d'un air implorant. Elle posait sa main sur mon front, ses yeux noirs brillaient de tout son amour, de toute sa compassion, et elle faisait tsss, tsss, d'une voix douce et tendre. Elle disait aussi : « La souffrance, c'est magnifique... C'est magnifique quand le mal est passé parce qu'on apprend, parce qu'on comprend, parce qu'on peut se mettre à la place de l'autre. » Et je la détestais. Elle secouait ses longs cheveux roux, les soulevait, les ramenait, penchait la tête. Elle me lisait des histoires, des contes de son pays, des légendes du passé. Mais dès qu'il y avait le mot « bateau », elle changeait de récit.

C'est Josepha qui m'a réappris à vivre. Josepha, Laurent et Nathalie.

Quand j'ai eu repris des forces, je suis restée avec eux. J'ai travaillé au restaurant. J'ai appris à dresser des tables, à faire des additions. À mettre les chaises sur les tables et à laver par terre. À acheter des poissons, à faire des frites, à cuisiner des gâteaux au chocolat et des tartes normandes.

J'ai appris la vie, David.

Avec toi, je ne connaissais la vie que par les livres et les films.

Je me suis arrimée à des gestes quotidiens. À des petits détails. Faut-il acheter ces moules ou sont-elles pleines de sable ? Et comment faire cuire les bulots et les crevettes ? Comment ouvrir les huîtres à toute vitesse quand les clients sont pressés et s'impatientent ?

Et les petits détails de la vie m'ont ramenée à la vie...

Un jour, j'ai eu assez de force pour partir pour Paris.
Je voulais revoir Marco.

Il avait trouvé un boulot dans une maison de production de cinéma. Grâce à un ami à toi. Il avait un grand bureau, un beau costume, une belle voiture, il m'a dit : « Ça va, petite sœur ? » Mais ses yeux ne me regardaient pas, sa bouche ne m'embrassait pas, ses bras ne me serraient pas. Qu'est-ce que je peux faire pour toi ? Tu m'excuses, un instant ? Il a décroché le téléphone qui sonnait et pris un dîner pour le soir même. Tu es bien maigre ! Et cette coiffure ! Et ces vêtements ! Va falloir te fringuer autrement ! Tu fais peur à voir ! T'as besoin d'argent ? Il a ouvert un tiroir, j'ai dit non, non. J'ai dit on peut se voir ? On peut parler un peu ?

Alors il m'a regardée pour la première fois dans les yeux et il a dit, parler de quoi ? Parler pourquoi ? C'est fini tout ça ! N'y pense plus, c'est le passé... Bon, c'est pas tout ça, j'ai des choses à faire, t'as un numéro de téléphone, on s'appelle ?

Mais Marco... j'ai dit.

Y a plus de Marco, je suis Mark Bartholdi et, si tu as besoin de moi, je suis là.

Il s'est levé. L'entretien était terminé. Il m'a raccompagnée à la porte. Il m'a tendu sa carte de visite. Le téléphone s'est remis à sonner...

Je me suis retrouvée dans la rue, démunie, assommée.

Je suis allée dans un café. J'ai buté dans les chaises

et les tables avant de m'asseoir, j'ai renversé mon porte-monnaie, je me suis cogné la tête en ramassant les pièces qui avaient roulé par terre, j'avais l'air d'une femme ivre. Tout le monde me regardait.

J'étais si mal.

Je ne savais plus où aller.

Alors je suis retournée chez mon père.

Il avait besoin de personnel. Il m'a embauchée comme serveuse. Ça tombait bien, j'avais appris... Mon père avait racheté ton studio et je dormais là, à côté de leur lit à Maria et lui, derrière une tenture, pour ne pas les importuner.

Un soir, un client m'a proposé de travailler dans son entreprise. Une boîte de publicité. C'était bien payé. J'ai accepté.

J'ai quitté la rue des Sentiers-Marie, pris un appartement. Je travaillais beaucoup, je gagnais de l'argent, j'achetais de belles chaussures, des vêtements très chers, des bas, des porte-jarretelles, je sortais le soir avec des hommes qui ne parlaient que d'eux et avaient de belles voitures.

Carole Lombard, tu te souviens ? « Ces mecs, tous à croire que leur bagnole fait partie de leur anatomie... Ils voudraient vous montrer à quel point elle est longue, raide et chaude... »

Parfois je croisais Marco dans des restaurants ou des boîtes de nuit. Il me pinçait la joue, ça va, petite sœur, on se voit un de ces soirs, ça a l'air d'aller mieux... Tant mieux ! Je suis content pour toi...

159

Il était toujours entouré d'amis bruyants, de filles blondes moulées dans des robes qui semblaient cousues sur elles, des filles qui riaient très fort et montraient leurs seins, leurs jambes, toute la peau qu'elles pouvaient exhiber sans être complètement nues.

Mon père est mort. On a vendu l'affaire, l'immeuble. Renvoyé Maria en Sicile avec sa part d'héritage. On avait chacun de l'argent et on est parti chacun de son côté. Marco voulait monter sa propre boîte, voler de ses propres ailes, être un producteur indépendant... Un grand producteur indépendant ! Laisser son nom dans l'histoire du cinéma ! Il jonglait avec des rêves qui ressemblaient si fort aux tiens.

J'étais libre et j'ai eu envie de retourner à Fécamp.

Chez des vrais gens.

Un commerce, à côté du restaurant de Josepha et Laurent, était à vendre. Je l'ai acheté et j'ai ouvert ma librairie.

J'ai appris le métier. Car c'est un métier, David...

Et je me suis construit ma bulle.

Plus de nouvelles de toi ni de Marco.

Je repartais de zéro.

Je regardais venir les gens avec méfiance. Je m'étourdissais dans les livres. Je n'avais ni télé, ni téléphone, ni musique dans mon studio sous les toits. J'avais la mer, les livres et les bateaux que je pouvais regarder à nouveau.

Mais je ne t'avais pas oublié.

Tu étais en moi et je le savais.

David et Kay dans la même personne. Parfois, je disais « nous », « on », « nôtre », et je me reprenais...

Parfois je laissais un homme simple et droit m'approcher, m'enlacer, se coucher dans mon lit mais, toujours, je le renvoyais.

Ce n'était pas toi...

Je rêvais que tu entres, un jour, dans ma librairie, que tu me prennes par la main et que tu m'emmènes n'importe où.

J'aurais tout laissé. Tout laissé. Sans me retourner.

J'ai fait ce rêve tant de fois.

Mais je n'ai jamais rêvé que tu reviennes sous les traits de Jonathan Shields, que tu m'emportes sur un mensonge, que tu te déguises...

David n'aurait jamais fait ça.

Il aurait poussé la porte et aurait dit je suis là, Kay, je suis là pour toi, je suis revenu te chercher, je ne peux pas vivre sans toi.

Parce que, moi, je ne peux pas vivre sans toi. Je le sais, je l'accepte.

Mais tu n'es plus David. Tu es un autre. Un autre que je n'aime plus.

Le David que j'ai connu est mort.

Et je pleure sur lui.

Et je tue dans la mer ce corps qui espère encore...

Qui te réclame, qui se tord sans personne pour le dompter.

Il n'y a plus que les vagues ! Les vagues qui me fracassent contre les galets, qui me retournent, me soulèvent, me plaquent, me roulent, manquent de me briser, me reprennent pour me rejeter, sans souffle, sans volonté, plus que les vagues...

« Le sexe est une araignée velue, une tarentule qui dévore tout, un trou noir dont celui qui a sombré ne ressort plus. » Luis Buñuel.

Mon corps ne t'a pas oublié.

C'est ça le plus dur, David. Je peux te le dire, sans rougir, puisque je ne te reverrai plus.

Et puis, il y a quinze jours aujourd'hui...

J'étais à la librairie quand la rumeur est parvenue jusqu'à moi. Un suicide. Sur les falaises. Un homme qui était monté avec une bouteille de champagne à la main, qu'un couple de randonneurs avait croisé et qui s'était balancé du haut de la falaise...

C'était Marco.

Il ne s'est même pas arrêté à la librairie...

Entre le chagrin et le néant, il a choisi le néant.

Le pacte de sang. Jusqu'à la mort.

On est mort tous les trois.

Tu aurais pu signer David Royle car tu es un parfait étranger pour moi.

Kay.

David Royle
Hôtel Le Pigeonnier
Aix-en-Provence

Le 7 novembre 1998.

Aujourd'hui, c'est la date anniversaire de la mort de mon père.

Aujourd'hui, j'ai compris que je ne te reverrai plus.

Et je porte le deuil de lui, le deuil de toi, le deuil de nous trois...

Je vais repartir en Amérique.

Kay, ma beauté, ma vénéneuse, ma toute blanche, ma tarentule.

Kay, je t'aime à la folie.

Kay, tu regardes si haut que j'en ai eu le tournis, que j'ai voulu me mesurer tout seul à la vie, affronter la mer, Hollywood, ses pièges et ses fausses idoles.

L'amour était devenu trop d'amour...

Et je t'ai laissée sur un quai.

Ma plus grande lâcheté.

J'ai connu le succès, le triomphe, toutes les vanités de la gloire.

Kay, j'ai tout, mais je n'ai rien puisque je t'ai perdue.

Laisse-moi te dire, Kay, comment tu es revenue dans ma vie...

Tu vois, je ne me lasse pas de prononcer ton nom...

De te raconter encore et encore.

On se raccroche au passé quand on n'a plus rien à vivre, quand on a trop crié « Rideau » ou « Coupez ! » et qu'on reste les mains vides.

Tu es revenue sur des pattes de mouche, voilée, malicieuse comme une petite fille qui connaît un secret.

Tu es revenue dans un livre que je lisais, un film que je voyais, un geste que tu faisais...

Tes cheveux longs, noirs, bouclés que tu piquais en chignon-ananas sur ton crâne.

Tes pieds fins et dorés que tu comparais aux miens. Tes longs yeux noirs qui écoutaient et me donnaient la force de rêver mon empire, de le construire en m'appuyant sur toi, si frêle, si forte.

Ta démarche de reine qui dédaignait le monde et ses mirages.

Tes yeux ardents qui déterraient des pépites...

Tu faisais feu de tout bois et tu faisais feu de moi.

Tu te souviens, Kay, quand on avait fait l'amour toute la nuit à en perdre la peau, à en perdre le sang et que tu me réveillais le matin en mimant de tes doigts le geste « encore un peu » ? Ton pouce et ton index renfermant un espace si petit, si petit où je repartais me noyer corps et âme...

Quand tu te réveillais la nuit, en transes, que tu me secouais, que tu disais « on n'a pas mis le camembert au frigidaire, dis, David ? On ne l'a pas mis ? Parce que sinon c'est terrible, il ne coulera plus... »

Et tu te rendormais et je me levais sur la pointe des pieds pour vérifier si, oui ou non, le camembert était dans le frigidaire...

Quand tu croisais les doigts dans ton dos pour mentir sans t'attirer les foudres du Ciel...

Quand tu me demandais de t'endormir en lisant *Bérénice*...

Quand tu me disais regarde la vie, David, ne passe pas si vite à côté de la vraie vie...

Quand tu ajoutais c'est moi, ta vie, David, mais tu ne le sais pas encore ou tu le sauras trop tard...

Tu étais si jeune mais si savante. De la vie. Et tu insufflais cette vie au jeune homme désenchanté que je me plaisais à jouer. Tu m'as rejeté dans le cours de la vie, tu m'as redonné le goût...

Tu avais de l'appétit, tout le temps.

Alors, après... quand je suivais les plus belles filles au lit et que tout était si prévisible ou si fabriqué, quand je serrais contre moi des récompenses que je ne partagerais avec personne, quand j'entassais des millions de dollars dont je ne savais que faire, des milliers de livres, des milliers de films sur mes étagères, tu me revenais, Kay, avec tes gestes, tes intonations, tes cris, tes colères, tes prières.

Tu me revenais comme un fantôme que je ne pouvais chasser.

J'ai choisi un bouclier pour t'oublier. J'ai choisi le cinéma comme un forcené. J'ai tout eu, j'ai tout fait, mais sans cesse tu revenais.

Ton sang battait dans le mien.

Ton sang bat toujours dans le mien.

Il n'y a pas longtemps, en regardant mes étagères, mon compte en banque, mon somptueux triplex, en sentant ton fantôme tourner autour de moi et me houspiller, j'ai décidé de me poser. De poser mon regard sur la vie, sur les petites choses et les grandes choses de la vie. Et je me suis aperçu que je n'avais rien. Je possédais beaucoup, mais je n'avais rien. Mon ambition avait tout brûlé.

Quand tu es dans l'ambition, tu n'as pas le temps de regarder.

C'est une perte de temps.

Je me suis arrêté, j'ai poussé un soupir, j'ai appris à ne rien faire et tout s'est ouvert.

Et comme une évidence, je me suis dit : « Je vais aller retrouver Kay. »

Mais j'ai eu peur...

Peur que tu aies changé, que tu sois devenue une autre femme qui ne ressemblait plus à Kay.

J'aurais dû te faire confiance, Kay.

Alors j'ai pris un masque et ce masque m'a défiguré.

Ce masque était pitoyable et lâche. Pire ! Ce masque était peut-être ma nouvelle identité...

Je vais reprendre mon bouclier et le chemin d'Hollywood qui, un jour ou l'autre, aura raison de moi, de mon arrogance, de mon refus à me plier à ses coutumes.

Je le sais, je m'y prépare, je n'ai plus rien à perdre maintenant...

David.

David n'a plus jamais poussé la porte de la librairie de Fécamp.

Marco est enterré là-haut, près de la chapelle de la Vierge qui guette les bateaux et protège les pêcheurs.

Kay est restée là.

Une mauvaise nuit de janvier, des voyous ont fracassé sa vitrine pour emporter sa caisse.

Kay n'a pas voulu porter plainte.

Nathalie travaille toujours avec elle. Riquet est revenu et a juré promis craché qu'on ne l'y prendrait plus. Jusqu'à la prochaine fois, a dit Nathalie qui n'a pas les yeux dans sa poche.

David n'a plus jamais écrit. On a eu de ses nouvelles par les journaux qu'on lisait en cachette pour que Kay ne nous surprenne pas.

Il a continué à produire des films, des films à succès. On lisait les recettes en millions de dollars. On était contents pour lui.

On l'a vu au bras de stars magnifiques, toutes celles qui nous font rêver au cinéma Le Palace. Des toutes jeunes qui disparaissent très vite d'un coup de baguette, des moins jeunes aussi, il faut être honnête.

Sur les photos, il souriait. Il avait l'air heureux. Mais ce ne sont que des photos.

On a commencé à craindre le pire quand on a appris qu'il était en cure de désintoxication dans la clinique de Palm Springs où vont toutes les stars...

Et puis, on a lu qu'il en était ressorti.

Puis on n'a plus entendu parler de lui du tout.

Plus du tout.

Et Kay ne m'a jamais posé la moindre question.

Je l'aperçois le matin qui pédale sur son vélo rouge vers la mer, à peine sortie du lit, en peignoir de bain.

Elle va se baigner par tous les temps et j'ai peur pour elle.

Parfois, quand la mer est trop mauvaise, je la suis sur mon vieux vélo rouillé, je pédale contre le vent jusqu'à la plage et j'assiste, désolée, à la furie des vagues qui la font sauter comme un bouchon, qui la plaquent, qui la roulent, qui l'écorchent, la font disparaître puis la rejettent sur les galets.

Parfois, quand elle ressort, elle dégouline de sang.

La souffrance, c'est magnifique quand on en guérit, quand on la transforme en compassion.

Elle ne parle plus jamais de David.

On bavarde, le soir, quand elle vient prendre un

verre après avoir fermé la librairie. On boit du vin blanc. On mange des moules. On prend des nouvelles. On tente d'améliorer la vie des uns et des autres, de ne pas tomber dans les idées toutes faites, de laisser une chance à chacun.

Mais bon... C'est l'heure de rentrer les tables et de fermer le restaurant.

Il y a eu deux hommes qui se sont suicidés du haut de la falaise en l'espace de quinze jours, cet hiver.

On ne peut pas l'empêcher.

C'est dommage qu'ils ne se soient pas arrêtés chez moi pour boire un verre. Je les en aurais dissuadés.

C'est dommage aussi que je ne sois pas Premier ministre en Israël.

Le vent se lève, il faut que je me dépêche.

La lumière chez Kay est toujours allumée.

Elle doit lire.

Ou écrire une lettre qu'elle ne postera jamais.

Les livres de Kay et Jonathan qui seront peut-être les vôtres

Les Carnets de Malte Laurids Brigge, Rainer Maria Rilke, éd. Folio classique
Les Palmiers sauvages (actuellement réédité sous le titre : *Si je t'oublie, Jérusalem*), William Faulkner, « L'imaginaire », éd. Gallimard
Maison des autres, Silvio d'Arzo, éd. Verdier
Trois Chevaux, Erri de Luca, éd. Gallimard
Tu, mio, Erri de Luca, éd. Rivages
Le Fils de Bakounine, Sergio Atzeni, éd. La fosse aux ours
Sonnets portugais, Elizabeth Browning, éd. Gallimard
Lettres de la religieuse portugaise, éd. Folio
La Princesse de Clèves, Madame de Lafayette, éd. Pocket
Le Grand Meaulnes, Alain-Fournier, éd. Livre de poche
Les Hauts de Hurlevent, Emily Brontë, éd. Livre de poche
Lettres d'une inconnue, Stefan Zweig, éd. Livre de poche
Ce que savait Maisie, Henry James, coll. « La Cosmopolite », éd. Stock
Les Liaisons dangereuses, Choderlos de Laclos, éd. Livre de poche
La Cousine Bette, Honoré de Balzac, éd. Livre de poche
Les Diaboliques, Barbey d'Aurevilly, éd. Folio
Une vieille maîtresse, Barbey d'Aurevilly, éd. Folio
Amour de perdition, Camilo Castelo Branco, éd. Babel
Quatrains, Emily Dickinson, éd. Gallimard
Confidence africaine, Roger Martin du Gard, « L'imaginaire », éd. Gallimard
Chroniques inédites, Guy de Maupassant, éd. d'art H. Piazza
Journal, Delacroix, coll. « Les mémorables », éd. Plon
Correspondance, Flaubert, éd. La Pléiade

Remerciements

Quand on écrit, on est seul.

Et pas seul...

Alors merci...

A Richard qui est toujours là, derrière moi, et me donne des ailes...

A Laurent qui a tout partagé avec moi pendant que j'écrivais ce livre. Mon premier lecteur, mon ami qui répète tout le temps : « La vie est belle », comme pour s'en convaincre.

A Isabel, Gisèle, Hélène et tous les libraires qui m'ont inspirée.

A Judith et Philippe, à tous ceux de Fécamp que j'aime sans leur dire forcément.

A Coco, clef de voûte de la maison...

A Anne et Phil Collin pour la séance de titres.

A Jean-Marie qui veille sur moi... de loin.

A Jean, qui veille sur moi... de près.

A Pascale, mon amie, ma petite sœur.

A Emiliana Torrini et Ismaël Lo que j'écoutais en boucle...

A tous les auteurs de livres qui m'ont nourrie et me nourissent depuis que je suis toute petite...

DU MÊME AUTEUR

Aux Éditions Albin Michel

J'ÉTAIS LÀ AVANT, 1999.

ET MONTER LENTEMENT DANS UN IMMENSE AMOUR ..., 2001.

Chez d'autres éditeurs

MOI D'ABORD, Le Seuil, 1979.

LA BARBARE, Le Seuil, 1981.

SCARLETT, SI POSSIBLE, Le Seuil, 1985.

LES HOMMES CRUELS NE COURENT PAS LES RUES, Le Seuil, 1990.

VU DE L'EXTÉRIEUR, Le Seuil, 1993.

UNE SI BELLE IMAGE, Le Seuil, 1994.

ENCORE UNE DANSE, Fayard, 1998.

Site Internet : www.katherine-pancol.com

La composition de cet ouvrage
a été réalisée par I.G.S. Charente Photogravure,
à l'Isle-d'Espagnac,
l'impression et le brochage ont été effectués
sur presse Cameron dans les ateliers
de **Bussière Camedan Imprimeries**
à Saint-Amand-Montrond (Cher),
pour le compte des Éditions Albin Michel.

Achevé d'imprimer en janvier 2002.
N° d'édition : 20457. N° d'impression : 020164/4.
Dépôt légal : février 2002.